真相

罗宏 著

海天出版社
HAITIAN PUBLISHING HOUSE
·深圳·

图书在版编目（CIP）数据

真相 / 罗宏著. —深圳：海天出版社，2020.11
ISBN 978-7-5507-2918-6

Ⅰ.①真… Ⅱ.①罗… Ⅲ.①中篇小说－小说集－中
国－当代 Ⅳ.①I247.5

中国版本图书馆CIP数据核字(2020)第090750号

真相
ZHENXIANG

出 品 人	聂雄前
策 划 编 辑	韩海彬
责 任 编 辑	韩海彬
责 任 技 编	郑 欢
封 面 设 计	知行格致

出 版 发 行	海天出版社
地　　　址	深圳市彩田南路海天综合大厦（518033）
网　　　址	www.htph.com.cn
订 购 电 话	0755-83460239（邮购、团购）
设 计 制 作	深圳市龙墨文化传播有限公司（电话：0755-83461000）
印　　　刷	深圳市希望印务有限公司
开　　　本	787mm×1092mm　1/16
印　　　张	7.5
字　　　数	70千
版　　　次	2020年11月第1版
印　　　次	2020年11月第1次
定　　　价	36.00元

目 录

谁之罪

两个月前，江洲发生了震惊全国的"黑心救援"事件。

　　这天江洲师大放暑假，下午时分，六名大学生去江中游泳。其中一男一女两名学生在深水区溺水。浅水区游泳的同学发现后，向泊在江边的打捞船求救，船老大大头鱼按公司老板郎奇的要求，索要高昂救命费用，彼此发生争执，耽误了施救时间，两学生罹难。之后，救命转为捞尸。大头鱼依然索要不菲的打捞费。闻讯赶到江边的学生辅导员郑老师又和船民们讨价还价。围观者甚众，纷争激烈。一小时后，师大财务带现钱赶到江边，船民收到押金开始捞尸。两小时后，打捞船拖着两具学生尸体靠岸，大头鱼站在船头声称还要超时费。整个过程，被《大江报》记者姚远拍下照片，予以曝光，举国震惊，一片声讨，谓之"黑心救援"事件，江洲市亦被愤怒的网民称为"黑心江洲"，黯然退出全国精神文明城市评选，主管副市长引咎辞职。

贺奎无论如何都不能接受独生女儿贺梅离去的现实。两个月来，他一步都没离开别墅。公司的生意全由副手打理，他几乎 24 小时待在女儿房间。

房间没有收拾，被子还摊开在床上，贺奎吩咐，不许动，要等梅梅回来收拾。贺奎白天就坐在女儿房内看着满屋子的贺梅的照片发呆，晚上就叫保姆王妈铺一张钢丝床睡下。妻子去世前叮咛，你再找谁我都不在乎，一定不能亏待梅梅。贺奎跪下发誓，梅梅不结婚决不再娶。十年过去，虽有风花雪月，贺奎却一直坚守诺言。全公司上下无人不晓贺梅是老板的心肝肉。商场对手亦言，这家伙对我们心狠手辣，对女儿倒是爱之入骨。

贺奎也不全在发呆。这两天他反复研读公安局提供的一份事件报告。

这次事件举国震惊，为平民怨，政府启动了司法调查。询问了为首要钱的大头鱼，得知要钱是其老板的旨意。将老板郎奇拘留了 15 天，对事件全过程进行了详细调查，还对罹难学生进行了尸检，形成了这份报告。报告的结论是本事件中打捞方道德严重缺失，延误救援，导致贺梅和另一位学生易康溺水身亡，但在刑事上未构成犯罪。

贺奎却不相信女儿就是这么简单的溺水而亡。理由之一，女儿水性很棒。妻子去世那年，贺奎就带着女儿学游泳，女儿有十年泳龄不说，这些年跟着自己去旅游，江河湖海没少见识。在学校，还是 1500 米的自由泳冠军，怎么可能被淹死？理由之二，这些年，贺奎在商战中摧枯拉朽，春风得意，也在业内结下不少梁子。有传言说，要打垮老贺，见血封喉的一招就是收拾他闺女。贺奎当时听了哈哈一笑，现在他突然想起了这句话。理由之三，女儿的男友即同学易康，出身贫寒，也在这次罹难。女儿的恋情贺奎是不同意的，父女多次冲突。女儿曾放话，再不同意就双双殉情。尤其是在事发前几日，贺梅表现反常，无端流泪，一问就发脾气。游泳前她和同学喝酒聚会，还说了不少和易康生死相依的胡话。理由之四，这其实不成理由。女儿死后，贺奎几次梦见女儿满面凄楚地看着自己，似有无限冤屈隐衷。

贺奎决心要弄清女儿之死的真相，也知道政府不想再把这次事件搞复杂，就给北京政法系统的一位德高望重的专家打了电话。专家推荐一位自己当律师的学生，私下帮助贺奎调查。专家告知贺奎，该学生已经在江洲，办完事自会上门接洽，不必费神迎接。

房门被悄然推开，王妈探头进来说："客人到了，在客厅。"

贺奎说："请客人到这来。"

王妈看着房间还挂着贺梅的内衣，有些迟疑："这合适么？"

贺奎皱起眉头："是听你的还是听我的？"

几分钟后，王妈带着客人进来，贺奎愣住了。

怎么是个姑娘？

要说姑娘也是个老姑娘，三十多岁年纪，倒是眉清目秀，文质彬彬。

"我叫黄小惠，是傅老师的学生。因为还有些事要办，没法告诉您准确时间，只能让您将就我。不好意思。"

贺奎还是没吭声，只是上下打量着来客。

黄小惠笑了笑："有些意外吧？"

贺奎感到有些失礼："对不起，黄小姐，我情绪不太好。王妈，沏茶。"

黄小惠拿出一份简历递给贺奎："我的情况都在上面。"

贺奎翻阅简历，王妈沏茶递给黄小惠。

贺奎很快看完简历，放在一边："这不重要。黄小姐是傅老师推荐的，这就行了。不过他没告诉我，你是姑娘。"

黄小惠又笑了笑："这无关紧要吧。对啦，以后叫我小惠就行。我听惯了这种称呼。"

贺奎感到对方的自信，认真地打量小惠。小惠就要贺奎说说情况，贺奎却问小惠："你为什么要辞去公职？我觉得作为女士，还是在体制内好。"

"贺总，我们聊正事吧。"

贺奎更加感到小惠的自信，看了小惠一眼，进入了正题。他谈了自己的想法，还把公安局的报告交给小惠。小惠认真翻阅着，其间王妈续了两次茶。

小惠放下报告："贺总，这两天我也查阅了相关事件的报道以及网民的反应。刚才又看了报告。初步感觉贺梅应该是溺水身亡。"

小惠说话简单直接，令贺奎有些意外。

"我刚才说的那些理由呢？"

"您的理由都是逻辑推理和第六感觉，缺乏实在的证据。"

贺奎露出了一丝不快："我要是有证据还打电话找傅老师么？"

贺奎实际是说，我要有证据还用得着你来？小惠听出话外音，并不计较。

"那您认为，警方的结论是出于敷衍还是水平不高？"

贺奎毫不迟疑地回答是敷衍。理由是现在江洲领导只想大事化小，小事化了，绝不想又起风波。小惠又问贺奎是否向警方提出过自己的质疑。贺奎说提出过，但是结论依然如此。小惠有些困惑地看着贺奎。

"您没有通过关系进一步协调吗？"

贺奎立即明白小惠的暗示，贺奎在江洲手眼通天，只要找找关系，警方是不敢敷衍了事的。贺奎露出苦笑。

"关系倒是不少，得看什么事才会出手。这事闹得越大，官府就越难受。没有哪个官会端着乌纱帽陪我玩。再说，我也有天敌。"

小惠一听，感觉贺奎不仅强势，而且是个明白人。

"那您觉得更可能是阴谋，还是殉情？"

贺奎似笑非笑："这个问题应该我问你吧？"

小惠严肃起来："贺总，我知道您对我不太信任。但您还是要说出您的倾向。否则我退出调查。"

贺奎一愣，这些年来，没人敢这样在他面前说话。何况是自己雇用的对象，还是个文弱姑娘。但他没发作，因为是傅老师推荐的人。他尴尬地一笑，想了想说，他更倾向于是商场对手的阴谋，并且说了两个名字，还说这两个人中大江实业的老总陈麻子最有头脑，是玩阴谋的高手。贺奎说的方言，小惠把"玩阴谋"听成了"玩阴毛"，脸一红，贺奎立即意识到了，用普通话又说了一遍。小惠听明白了。

小惠沉思了一下又问，报道说，学生和船民们争执时提到贺梅是您的千金，并且立即与您联系。您关机了。当时您在哪里？

贺奎一听有些迟疑。

"我当时和一个朋友在说事。不方便开机。"

"是女朋友吗？"

"这很重要吗？"

"当然重要。比如说，我可以推测这可能是美人计。"

贺奎不解："怎么扯到美人计去了？"

小惠微微一笑："按照阴谋论的逻辑分析，就是把您拖住，让您错过时间施救女儿。"

贺奎心一动，有些佩服地看着小惠，于是承认了自己当时和情人在幽会，却说这个女人绝不是貂蝉。小惠不以为然，是不是貂蝉不能现在下结论。不过现在可以不讨论这个女人。接着小惠便提出，要是假定以阴谋为导向进行调查，有三条路径。第一，贺梅为什么要去游泳以及游泳前发生了什么情况。第二，救援时发生争执以至于延误了救援时间是不是另有蹊跷。第三，贺梅溺水时身边发生了什么情况。小惠说第三种路径的调查现在看来比较困难。她先从前两条路径着手，并要贺奎给她提供一辆摩托。

"我给你配一辆宝马。"

"不用，嘉陵摩托就够了。我不能招摇过市。"

说罢小惠起身，端详着花哨而又零乱的房间。

"这是贺梅的闺房吧？看来她比较任性。"

经过刚才一番交谈，贺奎就有点对小惠刮目相看。现在看小惠不经意地就说出女儿任性，更有些吃惊。转念一想，也许小惠来之前做了功课，知道他娇宠女儿。便笑了笑问，你怎么看出来了？小惠继续端详着房间："这屋里的布置就叫为所欲为。您难道看不出来？她写不写日记？"

"这个，我就不知道了，她的东西我不敢动。"贺奎有些闪烁。

小惠看了贺奎一眼："我恐怕要动一动。"

"你只管动，只管动。"

"好了，我们谈谈报酬问题吧。"

"不用谈，一切你说了算。"

小惠就决定下午签订合同，第二天开工。

第二天上午，小惠来到天意打捞公司。

留着小平头的老板郎奇正在给员工发遣散费。郎奇四十来岁，一脸阴沉。长得如鲁智深的员工大头鱼有些同情地看着郎奇说，老板，我们都散了，你干吗去？郎奇冷笑说，天无绝人之路，说不定我还涅槃了呢！大头鱼听不懂："老板，什么是涅槃？"郎奇没好气地挥挥手："去去去，跟你说，就像对牛弹琴！你当时脑子要多根筋，就不会有今天！"大头鱼满脸委屈："老板，我可是全听你的呀，我把你的话当圣旨……"

郎奇把桌子一拍："大头鱼，你有完没完！"

小惠就在这时走进来，正好听见刚才那番对话。

小惠和郎奇坐在茶馆里，气氛有些尴尬。郎奇打量着小惠的名片苦笑："怎么，作家也来凑热闹？是想写报告文学？"小惠微笑："还没想好，先来收集一下素材。"

郎奇把名片放进口袋，然后告诉小惠，江洲官方已经打了招呼，当事人不得擅自接受任何媒体采访，你要素材去找宣传部。

"不过，你会失望的。"

小惠说，我不是媒体，就是一个自由作家，我也不写新闻报道，写的是文学作品。郎奇一笑，我明白，文学作品是高于生活的。小惠看了郎奇一眼又说下去：我的作品里，没有道德批判，也没有好人与坏人。郎奇有些卖弄地问，怎么，你想学左拉，玩自然主义？

"左拉过时了。现在叫零度叙述。"

郎奇来了兴趣：黄作家，你认识余华么？小惠就和郎奇扯开了余华。

话题好像扯远了，其实是小惠的策略。一进公司小惠听郎奇言谈，判定此人有些文学情结，就决定从文学入手。郎奇果然中了小惠的计，两人扯了一上午文学，最后小惠成了郎奇的女神，以至于郎奇请小惠给他的诗集作序。郎奇告诉小惠，那都是他高中时代的涂鸦之作。现在已经没有诗情了，但是翻起当年习作还是很兴奋，就找了家出版社，自费出版，已经出清样了，写序还来得及。

小惠觉得水到渠成，才切入正题。

"既然要我写序，我该是你的老师吧？"

"那当然，那当然。黄老师，我现在就可以给您磕头。"

"磕头就不必了，把你知道的情况说说吧。"

郎奇迟疑了一下，说了当时的情况。

"我真是倒霉透了。其实从头到尾我都不在现场。我当时在牌馆打麻将，满桌都是哗哗的洗牌声。大头鱼的电话来了，我又输了钱，心里烦，就要他长话短说，他说有生意来了。我就回了一句，那就按生意的规矩来，接着就关机了。最后屎盆子全扣到我头上。什么丧天良，烂肚心，败坏江洲人民形象，断送江洲市文明城市评选，全是我的罪！我打着广告谢罪，电视报纸全铺满了。现在公司倒闭，声名狼藉，还被公安局拘留十五天。"

郎奇说的和新闻报道基本一致，警方的报告中也说，正是考虑到郎奇没有操纵现场的证据，所以放他出来了。但是细心的小惠还是问了一句，你不知道溺水的学生中有个叫贺梅的？钱对她不是问题。

郎奇苦笑："我当时要是不输钱，心情不好，就不会关机，第二个电话就能接上，我要是知道溺水的是贺梅，立刻就会命令大头鱼全力救人。这就叫人算不如天算。活该我倒霉。"

"你为什么要关机？你就不关心你的生意么？"

郎奇警觉起来："怎么，你怀疑我？黄作家，我要是第一时间知道贺梅掉在江里，立马就会去捞，哪怕我亲自跳到江里——那就是捞金山呀！就为了关机，我肠子都悔青了！大头鱼那个蠢货，就知道要小钱，我现在杀他的心都有！"

郎奇的解释合情理，也说明他不会故意延误救援。问题是，大头鱼知道贺梅落水，也不该蠢到一根筋地要打捞费。

比如财神落水，大头鱼敢要打捞费？

小惠在茶馆和郎奇吃了午餐，骑着摩托返回下榻的宾馆。这是一家三星级档次的宾馆。贺奎要给小惠安排五星级酒店，小惠拒绝了，并且与贺奎约定，只能小惠去联系贺奎，贺奎不能来联系小惠。

小惠停好摩托走进宾馆，听得身后一片喧嚷。扭头看去，只见一群商贩模样的男女从宾馆附近的菜市场冲出来，追打着大头鱼。臭鸡蛋、烂番茄往大头鱼身上砸，高声骂着："鱼霸，人渣，江洲人的脸都叫你丢尽了，还敢来买菜？"大头鱼身上花花绿绿，都是浆状物。小惠走上前，拦住菜贩子们说，大叔大姨，有话好好说，有理好好讲，不要动粗嘛。大家就围着大头鱼声讨起来。最愤怒的就是大头鱼搞坏了江洲人名声，如今出外做生意都不敢说江洲话。

小惠把大头鱼带到了宾馆的房间。大头鱼拿遣散费的时候见过小惠一面，印象很深，还以为遇到了老板的相好，小惠又出面将他从围攻中解救出来，所以直喊小惠观音菩萨。小惠突然灵机一动说："我是你们老板的朋友，干律师的。有些事，想问问你。"大头鱼一愣："老板还想咸鱼翻身？"小惠含糊其词："这得看情况。不过你一定要说老实话。"

小惠先问大头鱼知不知道贺梅落水了。大头鱼说他听学生说才知道。小惠追问："你难道不知她父亲是江洲最大的地产商？就算事后理论也亏不了你。"

大头鱼告诉小惠，求救的学生开始并没有说贺梅也落水了。一听他开价就骂他不是人。大头鱼就和学生吵起来。吵了几分钟才听学生说贺老板的女儿也在其中。大头鱼当时认为学生讹他，如今谁出事了都会说我爸是李刚。再说那学生说话挺呛人，让他更窝火。

"学生怎么说？"

"他说，我告诉你，落水的是贺老板的女儿，你不救，吃不了兜着走！我就说，你别吓唬我，就是皇帝女我也不尿！"

"你没想到人命关天吗？不是贺梅你也该救呀。"

大头鱼叹了一口气："我当然知道人命关天。其实我也不是个钻在钱眼里的人。半年前还救过村里的孩子。一分钱没要。再说我们是吃打捞饭的，没少救过人，活人死人都救过。这也是生意不是？所以我一开始就想去救。可我就是开了一个价，那学生出口就骂我不是人，我的气就上来了。后来他又拿贺老板的牌子压我，我要是软了，不是狗眼睛了？贺老板又怎么样？他搞开发征了我们村的地，要我们拆迁，拿着皮尺算面积，一寸都不放过。拆迁款一拖再拖。他不也讲钱吗？我就该一分钱不要去救他女儿？"

大头鱼说着说着带气了。小惠静心地听。如果大头鱼说的都是实话，那么这场救人的争执，显然有意气用事的因素，这也是影响救援的因素之一。可是从常理看，求援的学生既然求救，为什么出言不逊？就算大头鱼要钱，你先应承下来，或者说些好话，结果可能不会那么僵。是学生年轻不懂事吗？小惠不禁想起了报道中提到的那个和大头鱼发生争执的学生叫赵虎娃。

后来小惠又问大头鱼为什么要先给老板打电话。大头鱼就解释，打捞船是老板的，油也是老板的，我们的工钱也是老板开，我动船当然要先给老板打个电话。要不然，收不到钱，还倒贴，老板会砸我的饭碗。大头鱼还告诉小惠，有两次，他们先救了人，后来一说价，都不肯付。说是讹诈。最后只收了点油钱。老板就定下规矩，必须先谈价。

"为什么开价那么高？我听说一个活人要四万，死人要两万。"

大头鱼就不服气了："这也叫贵呀？你去医院问一问，救一条命多少钱？你再去墓地访一访，葬一个死人多少钱？我们救人，也是要拿命去和阎王爷搏，我们的命就不是命吗？再说我们的成本多高？你以为江里天天有船翻呀？更莫讲死人啦！我们在江边有时一猫十几天都没生意，看着一条条船从眼边过，恨不得埋个水雷下去炸他一条船！再说油钱，中石油那帮王八蛋就知道涨价……"

小惠立即打断大头鱼，要他别扯远了。可是小惠心里想，如今市场经济，各行各业都讲经济效益。大头鱼他们是打捞公司，不是慈善公司，也不是公益机构，声明要收费也很正常。没有理由要求人人都是雷锋。

于是小惠就对大头鱼说："我的话不准确，你别介意。其实问题不在于收费，而在于没有钱就不救人，这就过分了。毕竟生命高于一切。"

大头鱼听小惠这么说，态度平和多了，脸上也露出些许惭愧，但还是心有不甘："我不是在气头上吗？后来也不是没拐弯。那个姚记者一拿相机拍照，我就开船去救人了。我们开到出事的地点，人已经沉下去了。我们在江上兜了几个圈，知道没戏了，才开回来。"

大头鱼说的这些情况报道上都有。但小惠还是心一动。

"那个姚记者怎么恰好在现场？你们争执时，他一直在旁边看吗？"

大头鱼就告诉小惠，事情还没发生的时候，他和几个船员在船舱里斗地主。那个姚记者挎着一个黑包也进了船舱，跟他们要水喝。喝完水，就坐在一边看他们斗地主。牌还没打完，学生就来了。

"他没告诉你们他是记者？"

"没有。我们也没问。"

"他的相机没拿在手上？"

"没有。可能是放在包里的。"

"你和学生吵了多久？"

"大概十分钟吧。我一看姚记者拍照，立即就开船去救人了。"

大头鱼没有完全说实话。据报道，大头鱼开始想抢相机，后来被旁边的船员拉了一把，才去救人。但小惠没有追究这个细节。小惠认为，这是一种人之本能的自我掩盖心理。他毕竟去救人了，说明他还有敬畏之心。

小惠还想问下去。郎奇敲门进来了。一看场面，郎奇什么都明白了。

"黄作家，你果然是特务呀。"

大头鱼也觉得不妙，傻傻地看着郎奇。郎奇看着大头鱼问："你都说了些什么？"大头鱼老老实实地说了。郎奇松了一口气说："你还有良心，这事就到此为止。别出去乱说。"大头鱼连连点头走了。

郎奇坐下了，一边沏茶一边对小惠说，你很失望吧。小惠笑了笑，我说过，我不是来对付谁的，就是想知道真相。郎奇警觉地问，你为什么骗大头鱼，说我们是朋友？小惠说，你要我给你写序，连朋友都不算？郎奇愣了一下，又问，你怎么又成律师啦？小惠就拿出了律师证。郎奇意外地打量小惠，你到底是作家还是律师？小惠说，都是，不可以吗？

郎奇就不再吭声，从皮包里拿出诗集的清样稿。小惠随意翻看了几首，微微一笑说，你喜欢徐志摩吧？郎奇一听露出钦佩的神色：黄作家，你果然是行家。小惠接着说，不过你模仿痕迹太重，而且，我也不太喜欢徐志摩。郎奇就问为

什么，小惠就说徐志摩有点酸，除了风花雪月，没别的追求，还聊了几句新月派，口气很不屑。郎奇露出尴尬，有点担心地看着小惠，这么说，你不愿为我写序？小惠说，要写可以，但是评价可能不高。郎奇便急了。

"这可不行。这本诗集是要当敲门砖用的。你就帮我个忙，行不？"

"你莫非想凭这本诗集加入作协？我告诉你，没门。"

郎奇就解释，现在他公司倒闭了，必须另找出路。最近他联系上了当地一家大企业，有个宣传高管的位置。这本诗集就是敲门砖。小惠一听是设有宣传高管的大企业，不禁想到贺奎的江洲地产。

"是贺老板的公司吗？"

郎奇苦笑："这可能吗？要是贺奎肯要我，我的打捞公司就不会倒闭。"于是郎奇就告诉小惠，出事后，贺奎一直揪住自己不放，要求政府狠狠打击。要不是公安局还实事求是，他恐怕就要被判刑了。

"这么说，你要谋职的这家企业老总可以不买贺老板的账？"

郎奇露出惊讶的神色："黄作家，你脑子太灵了！"

郎奇就说出了大江实业的名字。该企业的老总，正是贺奎给小惠说的两个怀疑对象之一。小惠便不经意地撩了一句，这不是和贺老板叫板吗？

"叫板怎么啦？人家也有后台。你以为在江洲贺奎能一手遮天？"

郎奇就给小惠谈起了贺奎，说贺奎是有本事，生意做得也很大。可是此人下手太狠太黑，得罪了不少人。业内对手都准备联手抗衡贺奎。挑头的就是他将要谋职的这家企业老总陈彪。自己之所以有望去大江实业当高管，原因之一就是自己也受到贺奎的打击报复，属于同仇敌忾。

小惠一笑："难怪你救贺梅不上心，原来是对贺老板不满。"

郎奇立即警觉："黄作家，你这是什么话？怎么和公安局一个腔调？我告诉你，我郎奇爱钱不假，你要说我做的生意有点乘人之危也说得过去，可是我走不到你想的那一步。要不然，还能从公安局出来？"

小惠忙解释自己就是顺口一说，大概是职业习惯，没有任何恶意。

郎奇依然怀疑地盯着小惠："黄作家，你大概是想写涉案剧吧？要不就是贺奎雇的探子？"

小惠有些狼狈起来，连忙起身去行李箱拿出一本散文集，证明自己确实是文艺工作者，不是贺奎的探子。郎奇一翻，竟然是季羡林作的序，脸色立即恭敬起来，问小惠："这是给我的？"

"那你总要签个名吧。"

签完名郎奇就约小惠共进晚餐，继续讨论写序的问题。郎奇对小惠说："我本来可以拿钱来摆平您，可是我觉得这是污辱您。您看这样行不行，也不要把我吹成一朵花，您就说，一个落难的企业家还有这样的文学追求，实在难得。您相信经历了风雨，必见彩虹，但愿他将来成为江洲的马云。这都是不能兑现的空话，不会掉您的价。当然，润笔费我也是要付的。"

小惠便未置可否地微笑，又好奇地问："你对文学这么发烧，为什么不走文学道路？"郎奇笑道："如今搞文学就像找二奶，只能玩一玩，不能当路走。你不也是一边当律师一边玩文学？除非你是六六那样的人，靠编故事谋生。其实我还真想当六六，也写过剧本。可惜没人要，都当了揩屁股纸。"

郎奇说着就扯远了。还说高考的时候，他报考的就是中文，数学和外语都是瘸腿，连续三年名落孙山，就死心了。去南方闯荡了七八年，除了贩毒和皮肉生意，可以说什么都干过。但脑子还是转不过改革开放的排头兵，又回来了，开了这家打捞公司。这种生意不要动什么脑子，就是等老天爷把灾难降临人间，发点灾难财。说得难听点，就是乘人之危，说得好听点，就是亡羊补牢。

"你说说，我这叫善还是叫恶？"

郎奇一杯一杯地喝酒，娓娓道来。小惠静静地听郎奇说，一直到打烊。郎奇买单后有些摇晃地站起来，手里晃动着小惠的那本散文集。

"要不是这本书，我今晚肯定将你拿下。现在我要对你说，Good night!"

小惠回到房间又拿起郎奇的那本诗集翻阅。总的来说，她对郎奇的印象还可以，尽管郎奇满身江湖气和铜臭味，却不失为性情中人。尤其对郎奇坎坷的遭遇，小惠还有些同情。但是小惠明白，这些感觉都与她找郎奇的目的关系不大。她的目的是要判断郎奇那时那刻是不是故意延误救援。想到这里小惠便决定洗个澡，清理一下自己的思路。

莲蓬头坏了，只有一股水，白天的一幕幕顺着水柱在小惠脑海回放。小惠的思路也慢慢清晰起来。今天的话题都集中在救人的环节。她觉得郎奇和大头鱼的说法都没有什么破绽。而且郎奇并不是一个有城府的人，否则他不会这么直露地表现对贺奎的不满，也不会暴露他将要就职的企业老总和贺奎的对手关系，尤其是对小惠这样的访问者。交谈中小惠也有意地刺激郎奇。郎奇也果然很敏感，但是他依然没有收敛和遮掩的举动，也可以反证郎奇心中没有鬼，不是成心要拖延救援。但是排除了郎奇并不等于排除了贺奎的对手，从郎奇透露的情况看，贺奎怀疑有阴谋也不全是空穴来风。贺奎的对手对贺奎确实有报复心，实力也不弱。要是真下黑手还有其他手段。想到此小惠突然打了一个寒战。抬头看，是莲蓬头里的水凉了。

次日，小惠去了师大，找到了辅导员郑老师。郑老师一看小惠的名片就紧张起来，黄作家，您是为那件事来的吧？请您到校办去接洽，这事由他们安排。我孩子在住院，失陪了。郑老师一溜烟地走了。

小惠露出一丝苦笑，只好无功而返。她这种身份，只能走民间私访的路径，官方机构根本不会搭理她。

她往学生宿舍走，决定去找当时在现场的学生。来时小惠做了功课，根据警方的报告，把学生的姓名、班级都记下了。重点是赵虎娃。赵虎娃是中文系学生，这又是小惠的抓手。

小惠找到宿舍，学生都去上课了。她就在宿舍附近溜达，果然看到有学生办的墙报。她又找赵虎娃所在班的墙报。果然在墙报上发现赵虎娃写的一篇小散文。文章后还注明：本文发表于《散文世界》。小惠就笑了。小惠不仅在《散文世界》上发过作品，还是该刊的特约编辑。

找到了沟通赵虎娃的桥，小惠就进了宿舍区的门房，含糊其词地自称是赵虎娃的老师，就在门房等中午下课，而且没闲着，和门卫有一搭无一搭地聊起学生溺水事件。于是就听门卫说，那个姚记者是天下第一大傻逼，兔子不吃窝边草的道理都不懂，现在把江洲人搞得灰头土脸，领导更不高兴，还想不想在江洲混？小惠不奇怪一个门卫有此观点，要是在江洲进行民意测验，相当一部分人会持门卫的这种态度，包括领导层和知识界。她有点奇怪的是姚远毕竟是为学生主持正义，门卫作为校方的一分子，总该屁股指挥脑袋。小惠就搭了一句，话也不能这么说，姚记者还是替学生主持公道的。门卫就冷笑，不就死了一个富家小姐吗？不把富人死完，老百姓就没有舒心日子过，可惜易康赔进去了，那小子想攀高枝，最后鸡飞蛋打。小惠立即感受到当下民间的仇富情绪。她心一动，想起了大头鱼说过就是皇帝女也不尿，还有对贺奎的不满，会不会是这种心态，拖延了救援呢？昨天调查时，小惠认为这是大头鱼的气话。现在看来还不能轻易放过。小惠就抓住话题问下去。

"那个贺梅很张扬吗？"

"开着宝马来上课，你说张扬不张扬？每天和那个易康勾肩搭背进进出出，你说张扬不张扬？还穿得像'真理'，奶子都露出来，你说张扬不张扬？"

小惠一听就笑了："穿得像'真理'？你读过《围城》吧？"

门卫就告诉小惠，"真理"这个比喻是听贺梅那帮同学说的，他是拾人牙慧。小惠立即就感觉到，贺梅在同学中的印象并不好。

这时候，中午下课铃响了。学生们陆续向宿舍走来。门卫也开始清理报纸之类的杂物忙活起来，小惠觉得有些口渴，就去门房对面的小卖部买冰红茶。看着学生陆续走进宿舍，本想喝完冰红茶去找赵虎娃，却只见一个憨厚壮实的男生从宿舍门房处向小卖部走过来。见了小惠有些迟疑。

"是您找我？我叫赵虎娃。"

小惠便自我介绍说是《散文世界》的编辑，看过赵虎娃的文章，来江洲出差，想见见面。说着递过名片。赵虎娃一看名片又惊又喜：黄老师，我读过您的作品，太棒了，没想到您这么年轻！小惠扑哧笑了：别您啦，叫我小惠姐吧，走，我们去学生食堂，边吃边聊。赵虎娃忙说，还是去肯德基吧，那里环境好，还有空调，我请客。

去肯德基的路上，赵虎娃谈笑风生，遇到几个同学，还主动介绍说，这是小惠姐，著名美女作家。小惠脸都红了，低声说，说作家可以，说美女太夸张。赵虎娃说，如今就连歪瓜裂枣都自诩美女，我没说你是仙女就是低调了。小惠便感觉到赵虎娃开朗爽快。这么一想，她就不打算绕圈子，在肯德基，他们点完套餐，小惠就说明了来意：我找你还想了解一下学生溺水事件。哪知赵虎娃却露出了迟疑。

"您没给学校打招呼吧？学校不让我们再谈论这件事。郑老师还说，谁要再说，毕业找不到工作别赖他。"

看着赵虎娃满脸通红一副为难的样子，小惠又说出早已准备好的理由："我是从创作角度搜集素材，不是进行新闻报道，也不一定会用这个题材。"赵虎娃认真地看着小惠：

"小惠姐，你觉得这事件很稀罕吗？还从北京跑过来？这种缺德的事如今不敢说到处都有，也可说屡见不鲜。你要创作缺德的故事，还用到江洲来找素材？"小惠便语塞了。一时不知如何说好。气氛就有些僵持。小惠便岔开话题，和赵虎娃聊起文学。甚至还聊起了马悦然，聊起了莫言，聊起了诺贝尔文学奖的下一次花落中国的可能，总之小惠又想把气氛营造好。她的经验是，只要谈话有良好的气氛必然就会有进展。但是很遗憾，怎么都进入不了状态。直到最后他们走出肯德基，小惠对赵虎娃说："虎娃，你再想想吧，我还要在江洲待些日子，住在大江宾馆402房。可能还会来找你。"说罢离去了。哪知道赵虎娃却喊住了小惠。

"小惠姐，我要是接受采访，能不能给我保密？"

以下是赵虎娃的叙述。

那天是放假的第一天，上午易康通知我，要我中午别走，贺梅要请我们寝室的同学吃饭。我说我要赶回家，不参加了。贺梅就来了。说我不够意思，不给她面子。我不好意思再推辞，就去了。其他几个同学也去了。我们去了滨湖酒家，包了一间房。好像是贺梅头天就订好的。点的全是海鲜，除了啤酒，还开了一瓶人头马。大家一看这架势，都觉得贺梅可能有话要说。干了三杯酒，贺梅果然开口了。她说，我知道你们认为我是玩玩易康。今天我当着大家的面，把话说清楚，我是认真的。接着还要我打开手机录音。我不肯。贺梅就叫易康录。易康也迟疑。贺梅就拿过易康的手机录了。大意是说，只要易康不背叛她，她绝不背叛易康。就是她父亲反对也不动摇。她还说，其实我并不想生在富人家，就像当年"文革"谁也不想是地主崽子一样。说完话，她还给我们唱了一首《小路》，把我们都唱哭了。喝完酒，大约3点钟，我们都感觉热。贺梅提出去江边游泳。我们在酒家的小卖部临时买了泳裤和泳装，就去了江边。

大家开始都在浅水区游，游了几分钟，贺梅提出说要去深水区游。其他几个同学水性不行，不敢去。我也喝了酒，不想去。贺梅就问易康去不去。易康迟疑了一下就说他听贺梅的。于是他们俩就去了。大约半小时左右，我看见他们在深水区那边扑腾，就觉得有点不对劲，就说他们可能出事了。贵宝一看就说，江边有救捞船，快去求救。我就游到救捞船求救。我说完情况，大头鱼就给老板打电话，说有生意了。我一听他把救人说成生意心里就有些火。这时大头鱼放下电话就说要收费。我就问他怎么收，他说救一条命要四万。我更火了，就说你是人不是人。他也火了，我们俩就吵起来。具体吵什么，报道上都有。我们没吵几句贵宝也赶过来，说可能真出事了。两人在江里纠缠在一起，一会儿沉下去，一会儿又冒出来。贵宝还要我别吵了，我就对大头鱼说，落水的是贺老板的女儿，不差钱，你不救吃不了兜着走。大头鱼更火了，说就是皇帝女他也不尿。这时候那个姚记者就开始拍照。大头鱼一见，就去抢相机，姚记者就跳下船，还回头在拍。大头鱼就要跳下船抢，被一个船员拉住了，跟他耳语了几句。大头鱼软了，骂了我一句，兔崽子，回头收拾你。接着就开船去救人了。那个姚记者就沿着江边跟着船拍。我就给郑老师打了电话。他说他马上赶过来，要我给贺梅父亲报信，我又走到贺梅的衣服边，翻出了手机，查到她父亲的号码，给她父亲打电话。可是她父亲关机了。这时候郑老师搭着摩托赶到江边。问了我几句，就叫我搭摩托去学校找财务室的刘老师要钱。还说他已经通知刘老师了。我搭上摩托的时候看见大头鱼他们的船又开回来了，想等一等看看结果，郑老师说，看什么？快去呀！我就走了。后面怎么回事我就不知道了，不在现场。不过报道上都有。

赵虎娃叙述以上经过的时候，小惠打开手机，都录下来了。赵虎娃发现小惠在录音，露出了迟疑："小惠姐，我可以听一听吗？"小惠就给赵虎娃听了回放。赵虎娃还是有些担心：你到底要干吗？

"你放心，我绝不会对第三者公布。只是我的个人素材。"

"那你可以再说一遍你的承诺，让我也录音吗？"

小惠又说了一遍，让赵虎娃录了音。

赵虎娃刚录完音，就接到一个电话，脸色立即紧张起来，连连解释。

"她是来约稿的，对，我什么也没对她说。"

放下电话，赵虎娃懊悔地看着小惠："小惠姐，你上午找过郑老师，怎么不告诉我？"

"怎么，他知道得这么快？还管得这么严？"

赵虎娃便苦笑说，要不是他儿子住院，分了他的心，他说不定就坐在门房守着我们。这个郑老师，简直让人哭笑不得，有时觉得他就像密探，有时也觉得他很敬业，我们都叫他郑嬷嬷。说罢赵虎娃问小惠，你跟他透露过要采访那件事吗？小惠说，我还没开口，他就推辞了。赵虎娃说，那就好，我要去给他汇报了，我就说你来找我约稿，别的话题都没谈。

赵虎娃就这么走了。小惠还有很多要问的问题没开口。看着赵虎娃离去的背影，小惠觉得这个后生也有很稳重的一面。

当晚，小惠去见贺奎，谈了这两天的收获。

贺奎一听郎奇要去大江实业做高管，眼睛立即放亮："小惠，你太单纯了。脑子要拐弯才行。郎奇可能不知道贺梅要去游泳还会溺水，从这一点上说，他没有主观故意。可他平常和陈麻子那些人接触，听了不少关于我的逸言，事情一发生，本能地就会拖延救援。这算不算主观故意？事实也证明，他现在要投靠陈麻子，就是拿贺梅的命去献宝！那个大头鱼不是也公开说我的拆迁款不到位，他就不愿去救贺梅吗？"

小惠愣了。同样的事实，叫贺奎一分析就有了完全不同的性质。她立即想到一句话：事实是任人打扮的小姑娘。其实今天和门卫聊天时，小惠也意识到，可能仇富心态也在潜移默化地影响当事人比如大头鱼的决策。但小惠还是认为这种心态不至于这么膨胀。

"贺总，你说的有些道理。我也在考虑。可是我认为你有些放大了。差之毫厘，谬以千里。至少目前我不认为如此。"

贺奎笑了笑："小惠，你的心很细，我刮目相看。但是你也过于小心。我看你就沿着我的思路往下走。这就叫理论指导实践嘛。"

小惠严肃起来："贺总，我们说好的，你不能干预我的思路。我首先要对真相负责，其次才是对你负责。而且我承诺只以真相对你负责。"

贺奎有点尴尬："那好，你就按自己的思路往下走。"

小惠转移了话题："我想要贺梅的日记，找到了吗？"

贺奎露出遗憾："对不起，我认真找了，没有。"

小惠有点意外："怎么会没有？应该有呀。"

贺奎也有点奇怪："你怎么就觉得应该有？"

小惠就起身去了贺梅的房间，指着床头一张照片说，这张照片，她摆的 pose 就是在写日记。贺奎一愣，佩服地打量小惠："你真细心。不过，我都找遍了，确实没有。也许就是为照相摆出来的。要不，你再找找？"

小惠露出迟疑："你不介意？"

贺奎苦笑："我敢介意吗？"

小惠也不客气，就找起来。结果还是失望。

小惠带着失望回到宾馆，惊讶地发现，郑老师坐在大堂。她立即意识到，是赵虎娃透露了她下榻的宾馆。这也说明，郑老师很重视小惠和赵虎娃接触。小惠就微笑地邀请郑老师去房间坐，郑老师看看表说，太晚了，就在大堂谈吧。小惠便感觉到郑老师是个很谨慎的人。

果然，郑老师一开口就反复解释，他只是来了解一下情况，这是他的工作职责。千万不要误会。小惠就微笑打断：郑老师，有话直说吧，你孩子还在住院。哪知小惠这么一说反而把话题扯得更远。

"黄作家，你怎么知道我孩子住院？"

"不是你说的吗？我一见你，什么都没说，你就说你孩子住院，失陪了。"

"我说了吗？"郑老师回忆起来。

小惠突然心一动："你孩子什么病？"

郑老师脸色立即阴沉下来："可能是白血病。还没有确诊。"

小惠也一惊："真的吗？"

这天晚上，他们基本都在谈孩子的病，直到临走郑老师才说了一句，你找赵虎娃，要注意，这孩子嘴巴没遮拦，脾气也倔。

郑老师竟然就这么匆匆地走了，什么实质性的话都没说，小惠莫名其妙。

小惠回到房间，惯例性地看手机。发现赵虎娃给自己打来了电话，自己没接听，一看时间，是自己在找贺梅日记的那个时段。大概是没有接听，赵虎娃又给自己发来短信说：

郑老师要找你对质，我只说你找我约稿，还谈了文学。别的都没说。你要注意，他是个很认真的人。

小惠感受到赵虎娃的压力，也推测到郑老师并不相信自己仅仅是来约稿。可是郑老师临别的那句话，似乎又在暗示自己要谨慎行事，这是怎么回事？

别想了，洗个澡睡觉吧。

小惠就去洗澡。洗着洗着，贺奎的形象又出现了。几次接触，小惠感受到贺奎很有主见，很强势，思维也很敏捷。明显地要把小惠的调查指向对手。这让小惠有些纠结。她隐隐地感觉到自己悄然地受到贺奎的影响。这是自己不情愿的。贺奎曾经问过小惠，为什么要辞职，她回避了这个问题，其实小惠就是要做一个独立思考的人。在体制内，她无法独立思考。可是现在遇到贺奎，小惠发现独立思考也不容易。接受调查前，她研究过那些报道包括警方的报告，觉得这次调查并不复杂，即使和贺奎接触时，贺奎提出那些怀疑理由，她也并不很在意。她认为是贺奎爱女情深，女儿突然离去，无法接受，就想入非非，想找一个发泄对象，因而出现偏执。可是现在两天的调查摆在贺奎面前，贺奎却更加坚定地认为是对手在报复自己。而且贺奎的分析又是建立在小惠的调查基础之上。这使小惠感到事情比预想的要复杂。虽然小惠拒绝了贺奎提出的调查导向，但她还是觉得，如果最后结论贺奎不满意，他们之间会有不小的冲突。

这天夜里，小惠吃了一片安定。

第二天上午，赵虎娃来到宾馆找小惠，担心地打听郑老师和小惠谈话的结果，也感到不解："怎么只说了那么一句话就走啦？他当时和我谈话的时候，连党性都搬出来了，要我以党性保证没有说谎。"

小惠有点意外："你入党啦？"

赵虎娃有点不自然："写了入党申请书。也是郑老师劝我写的，说对找工作有利。可是现在我有点后悔。"

小惠好奇地问："为啥后悔？"

赵虎娃就说了一个案例。他的一个师姐去人才市场求职。招工的和师姐交谈的时候很满意，后来一看履历上的政治面貌是党员，就露出了迟疑的表情。

小惠笑了笑，没有展开这个话题。

赵虎娃还在琢磨郑老师，突然眼一亮："小惠姐，你是不是答应帮郑老师的忙，给他的孩子治病？"

小惠愣了一下："我在江洲没有关系，怎么帮忙？不过我倒是给他提过一些建议。对了，好像说过，要是他到北京去给孩子看病，我可以给他帮点忙。"

赵虎娃一笑："小惠姐，看来他在打你的主意。否则不会什么也没谈就走了，这个郑老师，很能缠人的。"

小惠也一笑："虎娃，你很会琢磨人呀。"看到赵虎娃表情有些尴尬，小惠又说："不过他要是真去北京，我真能帮上忙。"

赵虎娃露出感动的神情："小惠姐，你心眼真好。真有亲和力。"

小惠就转移话题说，那好，我看看自己有多大的亲和力，我还要问几个问题。赵虎娃便笑道，你问吧。

小惠问："虎娃，大头鱼给你开价，你骂了他，是吗？"

赵虎娃一愣："怎么，不该骂吗？我还想揍他呢！"

小惠说："他吃这碗饭，救人也是劳动，开个价也不过分吧。你心里着急可以理解，骂人是不是过火了？再说，你要是好好说，比如，你先承诺一定付费，他未必就一定会拒绝。后来他不是去救了吗？"

赵虎娃不以为然："他是怕姚记者曝光。"

小惠笑了笑："这难道不说明他有敬畏之心吗？你还要他像雷锋？"

赵虎娃想了想，又露出了尴尬的神情："小惠姐，你这么说也有些道理。不过，我当时喝了酒，心里本来就不痛快，就没忍住。"

小惠意味深长地看着赵虎娃："为什么不痛快？"

赵虎娃低下头，有点不自然。

小惠微笑："你也喜欢贺梅，对吧？"

赵虎娃惊讶地抬起头："你怎么知道？"

小惠依然微笑："因为我也恋爱过。"

小惠没有说出全部真相。小惠判定赵虎娃喜欢贺梅，首先是因为采访赵虎娃时的一种直觉。其次是赵虎娃被郑老师叫走后，小惠反复听了录音，发现了几点蹊跷。第一，贺梅请客向同学宣告她对易康的恋情是认真的，说了一句，"我知道你们认为我是玩玩易康"，说明包括赵虎娃在内，都可能对贺梅和易康的恋情颇有微词。第二，贺梅最初指定要赵虎娃录音，进一步说明，很可能赵虎娃对贺梅的质疑最为强烈，这种强烈中就有微妙的情感。第三，赵虎娃的叙述中讲到贺梅时的语调都有些不自然。第四，赵虎娃讲述当时溺水经过，对时间的记忆很精确，说明他很关注贺梅的动静。

小惠没有说出这样的分析，只是坦诚地注视着赵虎娃。

赵虎娃满脸通红，默认了。

小惠又往下说："虎娃，你水性不错吧？"

赵虎娃又露出意外的神色："这是郑老师说的？"

"是的，郑老师说，你是学校50米自由泳的冠军。"

赵虎娃窘迫地笑了笑："小惠姐，你有点像福尔摩斯。"

小惠迟疑了一下，进入了实质性的问题："虎娃，上次交谈，我发现你对易康他们去深水区游泳出事的时间记得很清楚。说明你很关注易康和贺梅他们的动静。我想知道，你最初发现他们不对劲的时候是什么心理反应？"

赵虎娃一听慌乱起来："小惠姐，你什么意思？你是说我幸灾乐祸？"

小惠笑了笑："虎娃，我没有任何恶意。我猜测你最初不完全是幸灾乐祸，但是有点接近。你可能想，贺梅，你好好喝几口水吧。易康，我看你逞什么能！"

赵虎娃没有反驳，听着小惠说下去。

"这些反应我认为是人之常情，没有什么可指责的。遗憾的是，这些反应发生在一个特别需要争取时间的时候。"

赵虎娃瞪大了眼睛看着小惠，额头上有些冒汗了。

小惠抿了一口茶："虎娃，你当时想没想过去救他们？至少是贺梅？"

赵虎娃低下头："我当时是想去。贵宝提醒我，你喝了酒，别赔进去了。再说两个你也救不过来。还是去求救吧。"

"所以你在大鱼头提出要钱的时候，就没有控制住情绪？"

赵虎娃没有回答，眼圈红了。

小惠突然有些后悔不该和赵虎娃聊起这个话题。她没想到，赵虎娃的反应这么强烈。当她猜测赵虎娃可能喜欢贺梅之时，自然地想到，贺梅明确表示自己对易康是认真的，赵虎娃肯定心里不是滋味，这种心态，很可能影响到他后来的情绪。于是，赵虎娃和大头鱼的吵架，就有了某种合情合理的解释。小惠就是要印证这一点，现在，小惠的预期得到印证，却突然发现，自己在无意之中伤害了一个涉世未深的青年。也许在很长一段时间，赵虎娃都要在心理阴影中度过。

果然，赵虎娃哽咽地发问了：小惠姐，我有罪吗？

小惠连忙安抚说："这不叫罪，就是心中少根弦。"赵虎娃又问："少根什么弦？"小惠就说不清，苦笑说："虎娃，你把我当字典啦。"赵虎娃认真地看着小惠："小惠姐，我跟你说心里话，我读过你的作品，一直很钦佩，这次见了你，特别有亲和感。你真像我姐，什么话都不想对你隐瞒，确实把你当作我人生的字典了。"小惠脸就红了，恨不得有个地洞钻进去。

后来小惠就和赵虎娃去了江边。小惠本想让赵虎娃散散心，减轻一点心理压力，但没聊几句，赵虎娃又说起了贺梅。赵虎娃说，开初他确实对贺梅有成见，认为她是个富家小姐，除了钱，啥都没有。她和易康好，也不过是因为易康帅，长得像刘德华，所以没少讥讽贺梅。后来听易康说，其实贺梅心眼挺好的，去年寒假跟着易康去乡下过年，看见那些乡村的留守儿童，立即把箱子里带的衣服都捐了出来，连耐克鞋也脱下来，也不管别人能穿不能穿。回城时，还是穿着易康的凉鞋。后来又匿名寄钱去乡下，捐了一所希望小学。易康对赵虎娃说，我们是好朋友，希望你能给我点面子，接受贺梅。此后赵虎娃对贺梅的态度有所转变，却不理解贺梅为什么会喜欢易康，就问易康："她怎么会看上你？是因为你长得像刘德华？还是因为你出身贫寒像董永，她想当七仙女？"本来易康只需回答一句，爱是没有理由的，一切也就过去了。哪知老实的易康却告诉赵虎娃，其实贺梅本来是喜欢赵虎娃的，可是看他太傲慢，她就喜欢上了易康。赵虎娃一听就愣住了，之后，他的心就不再平静，他意识到，也许贺梅在用这种方式向自己证明着什么，而且这种证明是自虐性的……

赵虎娃没再说下去，眼里含着泪，看着一脉江水发呆。

"虎娃，你是说贺梅是以一种自虐的方式在爱你？所以你震撼啦？那么，贺梅知道你的心思吗？"

赵虎娃苦笑："我不知道，反正我谁都没说。"

小惠突然有些激动，想了解贺梅的内心世界。尽管这也许已经超出了她的调查范围。于是她又想到了日记。

小惠再次去找贺奎，又问起日记。贺奎不快地问："你到底发现了什么，总要问日记？"小惠就说："你不是说贺梅也可能是殉情吗？我想了解一下她的内心世界。"贺奎说："殉情的事不要说了。你就按照我的思路查下去。我再给你提供一个线索，贺梅他们游泳前聚会的那家酒店，陈麻子就有股份。贺梅的房间是预订的，要做手脚不难。"

"你是说，他们可以在酒水里做手脚？可是大家都喝了酒，都没不良反应。再说游泳是临时决定的。"

贺奎苦笑："我给你提示一下也不过分吧？还有，那个郎奇这几天到处说，他是塞翁失马，焉知非福。这是什么意思？你也应该好好琢磨一下。"

小惠想了想说："好吧，我会考虑的。不过还有件事，要请你帮忙。"

小惠就提出郑老师孩子的事。请贺奎联系江洲最好的医生给孩子会诊，必要时提供治疗方面的帮助。

贺奎露出讽刺的神情："你来做慈善的呀？"

小惠也有些不快了，她觉得贺奎为人的确有些冷漠。

"贺总，我要在郑老师口里掏料。还有，他是门神，要是他不抬手，我没办法接近学生。"

贺奎便答应了。

小惠又提出："你在通信公司有关系吗？"

贺奎问："干吗？"

小惠说："我要查郎奇的通话记录。"

贺奎一听忙打电话。几分钟后，贺奎给了小惠一个电话，要小惠去通信公司找某人接头。小惠立即赶往对方公司，拿到了郎奇近三个月的详细通话记录。

小惠先查阅贺梅溺水当天的记录。证实了当天下午3点56分有一分钟的通话，此后就是7点钟以后才有通话。也就是说，郎奇的说法是成立的。不知为何，小惠暗自松了一口气。

就在这时，郎奇的电话来了，约小惠到滨湖酒家见面。

小惠在滨湖酒店大堂看见郎奇。郎奇穿了西装，还打了领带，风度翩翩，小惠感到有些意外，一聊才知道大江实业的陈总要见自己。陈总就是贺奎说的对头陈麻子，本名陈彪。小惠知道事情更复杂了，恼火地盯着郎奇："你到底说了些什么？"郎奇笑眯眯地说："你放心，我把你吹得像花一样，见面你就明白了。不过你吃肉，也要让我喝碗汤。"小惠转念一想，也好，那我就学学杨子荣。这时一辆奔驰 S600 停在酒家门口，一位富态的中年男子西装革履地走下车，后面还跟着一个花枝招展的女秘书。郎奇快步迎上前，小惠跟过去。上前握手，小惠发现，那男人脸上果然有些不明显的白麻子。

客气寒暄不必说了，酒宴的奢华也不必说了。值得一说的是陈总豪宴小惠是想请小惠写电视剧。

"黄作家，听说你和六六是姐们？《蜗居》还是你在背后改了一稿？"

小惠瞪了郎奇一眼，狠狈地说："陈总你别听郎奇乱说，我和六六不认识，更不用说掺和《蜗居》的事了。我就是写点小散文。"

陈总哈哈一笑："黄作家，我知道，写散文的都是文化大师，余秋雨大师就是写散文的吧？"郎奇连忙补充说："给黄作家写序的季羡林先生也是写散文的，比余秋雨更大师，其实余秋雨的作品相当于柳永的级别，粉丝都是歌伎群体。"小惠听他们海吹，知道秀才遇见兵了，索性不接腔。反正就是一条，不会答应写电视剧。

"那你来江洲了解那件事，想写什么？"

小惠就说："还没想好。反正不是写新闻，也不是写电视剧，也可能什么都不写。"郎奇又补充说："这就叫行万里路。"陈总想了想，又开口了。

"黄作家，我明白了，你放不下身段，嫌电视剧太俗，你丢不起这个人。那好，就要你学生写，到时候你比画比画就行。润笔费，你只管提。"

小惠一听"要你学生写"就明白是怎么回事了，瞪大了眼睛看着郎奇。郎奇竟然也不脸红，笑了笑说："这样也好。免得我老师掉价。为了老师，我只能下地狱了。"望着郎奇大义凛然的样子，小惠感到郎奇很会装高格。

"陈总，说了半天，您到底要写什么？"小惠终于好奇了。

于是小惠得知，陈总决定将学生溺水事件艺术加工拍成电视剧，剧名叫《谁之罪》。说的是某江城黑心老板贺霸天巧取豪夺，鱼肉百姓，无恶不作，其独生千金也是飞扬跋扈，水性杨花，老百姓敢怒不敢言。某天贺小姐与小白脸情人在江中游泳溺水，同伴向江边的渔民求救，渔民故意装疯卖傻，袖手旁观，导致贺小姐与小白脸溺水而亡。无良记者眼看要出人命，幸灾乐祸地拍照，何其冷血。后来该记者又和贺霸天勾结，还将此情此景曝光，进行道德绑架，自己捞名不说，还想煽动政府对渔民治罪，最后一位类似狄仁杰的正直警官出场了，顶着重重压力对渔民百般保护，终于使此案不了了之。贺霸天从此断子绝孙，精神错乱，吐血而亡。

小惠听了这个剧情梗概半天不吭声。心里暗暗佩服，这个剧本创意还真不错，可是要真写出来，自己必然成为是非之人。只见陈总微笑道："黄作家，你品出味道来了吧？没错，我就是要给'黑心江洲'正名，让大家知道到底是老百姓黑还是贺某人黑。第一，这是顺民意。姚远那小子利欲熏心，为自己成名，把江洲人妖魔化，我不能袖手旁观。第二，这是顺官意。姚远把江洲的文明城市给砸掉了，政府还要表彰姚远，领导是门柱子碰了卵泡泡——有苦难言。我来挑头，编个剧来含沙射影，领导嘴上不说，其实心里乐。第三，我也不遮掩，就是要和贺某人叫板。让他明白，吃独食、犯众怒是什么下场！"

"黄作家，现在我打算请郎奇做我的宣传高管，给他一个活试试他的斤两。你是他的老师，应该帮他一把。初次相会，凭我的眼力，你不仅是明白人，更是有肚才的人。不多说了，来，我陈彪敬你一杯！"

小惠只得干了一杯酒。放下酒杯小惠笑了笑："陈总，帮不帮郎奇另说，我先问，这剧是哪朝哪代的事？那个贺霸天凭什么能横行霸道，让老百姓敢怒不敢言？肯定是官商勾结，这不是把政府牵进去了吗？"陈总淡然一笑："这你不必担心，我们玩穿越，真真假假，抓不住把柄的。"郎奇又插嘴："黄老师尽管放心，政府方面也有我们的人。不瞒你说，这主意就是……"

郎奇又把话缩回去了，因为陈总横了郎奇一眼。

这天晚上，小惠久久未眠。她没想到，这个郎奇竟然把她猝不及防地卷到旋涡的中心里来了。尽管未尝不是有利之事，她可以更容易地调查真相，问题是，越接近真相，她就越纠结。其实贺奎和那个陈彪的思路都想到一块去了，也就是说，他们都认为，贺梅和易康溺水身亡，是因为故意见死不救。可是在贺奎看来，这是阴谋。而在陈彪看，这是报应。事实一样，性质完全相反。这仅仅是主观认知的差异，难道没有一点客观事实的基础？

意味深长的是，与此并行，还有一个媒体或者说舆论的版本，那就是缺德说。显然，这是目前最权威的版本。小惠的工作，在某种程度上也是在质疑这个版本。这么一想，一个人物就浮现在小惠眼前，那就是姚远。几天的调查，小惠一直没有接触姚远。主要是小惠收集材料时就判断，这种缺德说的解释应该是成立的，她没有必要去惊动姚远。几天调查下来，尽管发现救援的过程中有一些以前忽略了的小细节，比如赵虎娃不该那么冲动，但是，还是不能推翻大头鱼包括郎奇道德上的缺失。也就是说，缺德的基本性质没有改变。所以，她也没有必要去接触姚远。此外，还有一个微妙的原因，那就是小惠和姚远原来相识，而且曾经有过一段恋情。这也是小惠不想接触姚远的重要原因。

小惠意识到，这次江洲之行，她可能又要和姚远相遇了。

贺奎也没想到，陈麻子毫不忌讳贺梅溺水身亡是因为故意见死不救，还想拍成电视剧，简直是嚣张之极。他一脸铁青："好，他认账就好！他这是贼喊捉贼，金蝉脱壳！他这是挑衅正义，反攻倒算！我要他吃不了兜着走！"

小惠就分析，这恰恰说明，陈彪没有在背后控制这个事件，你要追究责任也追不到他头上。其次，就算大头鱼和郎奇对你不满而故意拖延救援，也没犯法。小惠举了一个例子。2007年，在宁夏青铜峡黄河渡口，有一辆政府的奥迪车翻到黄河里，车上还坐着领导干部，伸头出来呼救。当时在渡口有数百老百姓，无一人施救，眼看着奥迪和领导沉进黄河。这事件的性质就是仇官，比故意不救贺梅严重多了。可是，官方也没有话说。再说，写的是电视剧，属于艺术虚构，你也抓不到把柄。

贺奎露出冷笑："黄律师，你这是替谁说话？你别忘了，我是你的委托人。我们的合同上写着，你将维护我的利益。"

小惠说："贺总，我纠正一下，合同上写的是我将依法维护你的利益。我刚才的分析，就是在维护你的利益。你打蛇要打在七寸上。客观地说，陈彪这招很高明。不管怎么说，姚远曝光这件事，虽说是声张了正义，可是也搞得很多人不舒服。不说郎奇和大头鱼这帮倒霉鬼，江洲的领导和老百姓也被牵进来了。陈彪就是利用这种心态做文章。"

贺奎听进去了。在房间踱着步。过了一会站住了。

"那好，陈麻子要翻案，最难受的应该是姚远。他现在是两头不讨好，既得罪了郎奇大头鱼这样的倒霉鬼，又抹黑了江洲，得罪了官方和江洲老百姓。这叫一夫成名千夫指。不过他也是个聪明人，为了自保，绝不会坐以待毙，你去和姚远接触一下，只要把他调动起来，就不用我收拾陈麻子了。"

小惠一愣，呆呆地看着贺奎。从策略而言，这的确是四两拨千斤的高招。江洲的黑心救援，已是定论，连江洲市的官方都公开致歉。现在要换个马甲翻案，公众舆论岂能答应？要是姚远再反弹起来，更热闹了，小惠立即想象，排山倒海的舆论风暴滚滚而来的光景，不禁暗暗佩服贺奎。难怪陈彪这帮人在商战中屡屡受挫，败在贺奎手下，也难怪他们处心积虑地要和贺奎叫板。但是小惠也明白，这样一来，刚刚平静下来的江洲又将再起风波。后果如何，很难预料。

"小惠，我这个主意怎么样？"贺奎温和地看着小惠，脸上还带着笑意，"这也符合你的承诺，依法维护我的利益。

你只须和姚远沟通一下，实事求是地说就行。我去不合适。这你明白。"

小惠露出了迟疑的神色："贺总，这么一来，事就闹大了。"

贺奎冷笑："可是陈彪拍电视剧，事就不大吗？他能初一，我就能十五。"

还是小惠脑子转得快，又提出一个理由："这不是把我也卷进去了吗？我的身份只是一个调查者。"

贺奎一听露出冷笑。

"小惠，我是你的委托人，你是我的乙方，本质上你就该维护我，你要是真不想干，我们马上结账。我自己来。大不了，我也当社会明星。"

小惠便说："好，我出面。"

贺奎笑了："郑老师的事我办妥了。你去通知他，这个好人必须你来做。"

小惠骑着摩托去了师大。一路都在想，自己本来想做一个冷静的调查者，现在却越来越卷入旋涡中心，而且越来越受到贺奎的影响。尤其是要面对姚远，这使她很纠结。可是自己退出，不仅意味着自己的调查失败，还会把事情搞得更乱。这个时候她是不能退的。相反，只有自己坚持在其中斡旋，才能使局面保持平衡，从而使事情尽可能圆满解决。其实这也是傅老师给小惠的交代。傅老师说："你这个委托人财大气粗，个性很强，做事不太计较后果。江洲这事，闹得很大，很敏感。你要注意，既要实事求是，也要有大局观。不要推波助澜，当下中国有些人，唯恐天下不乱。其实，天下大乱，倒霉的还是老百姓。"

想着想着，小惠到了师大，找到郑老师，说自己已经托人跟院方联系好了。还表示，如果江洲不行就去北京，自己一定尽力帮忙。郑老师听完半天没吭声，眼泪在眼眶子里直转。郑老师告诉小惠，为了孩子的病，他不仅相信科学，还相信神明，去算过一命，算命先生说，他一定有贵人相助。

"没想到贵人就是你。"

接着郑老师把话题一转："黄作家，大恩不言谢，你有什么要问的，就问吧，我实事求是，知无不言，就是请你给我保个密。"小惠好奇："你怎么知道我是有话要问你？"郑老师苦笑："这两个月来，找我的人络绎不绝。打什么牌子的都有。我能猜不出来吗？再说那个虎娃，什么心思都挂在脸上，我能看不出来吗？还有，不瞒你说，我在网上查过你的资料，你是作家不假，但还是律师。"

小惠笑了笑，那好，我就问了。

小惠的话题首先集中在贺梅。郑老师就说了。

"这个姑娘很另类，很张扬，说话也霸道，很容易得罪人。可是接触多了，你就会发现，她心地还是很善良的，还挺多愁善感。比如残奥会，没几个人看，她一个人从头看到尾，看着看着就流泪。汶川地震，她一个人逃课一个月，去灾区当了志愿者。我们都不知道，还给了她一个记过处分，她也没申辩。回来再也不开宝马车上学了。我有点奇怪，追问她，她才说漏了嘴。我要汇报给学校，取消她的处分。她死活不让，还要我保密。你要问我她怎么和易康好上的，我还真不太了解。现在大学生可以结婚，我们不太管学生谈恋爱的事。不过我个人也觉得，易康有点不像她想要找的男朋友。但也难说，贺梅做事很任性，不按常理出牌。我真说不好。至于她写不写日记，我也不太清楚。不过我听易康说过，她是写的。她和易康的水性，都应该是不错的，尤其是贺梅，在校运会还拿过自由泳 1500 米的冠军。易康是自由泳 50 米的亚军，冠军是赵虎娃。不过他们那天喝了酒，就难说了。贺梅的父亲就是因为贺梅的水性好，不相信她是溺水而亡，要调查。公安局才进行了尸检。尸检的那天我和贺梅的父亲都去了。验尸官还是我的中学同学周胖子。贺梅父亲还要给周胖子打红包，周胖子不肯接，还说了贺梅父亲几句不好听的话。说他只对真相负责，不对钱负责。贺老板当时很尴尬。还是我去打的圆场。结论还是溺水身亡。可是贺梅父亲还是不相信。对啦，黄作家，我冒昧问一句，你是不是贺老板委托来的？”

小惠有些尴尬地笑了：“郑老师，不管我的背景是什么，我都会按良知办事。请你相信我。”郑老师点点头：“我能感觉到，你是个正派人。"

他们又转向另一个话题，当时怎么和大头鱼发生了捞尸之争。

"那天下午4点多钟，我带着两万块钱，打算去医院给孩子交住院费。赵虎娃的电话来了。我一听就慌了，要赵虎娃立即给贺老板打电话，接着我搭了个摩托就往江边赶。在摩托车上，我又给学校财务科的刘老师打了电话，对她说，学生出事了，肯定要钱，你快带着钱到江边来。到了江边，见到赵虎娃，果然听说大头鱼为了钱已经和他们闹了一轮，我立即叫赵虎娃搭着摩托去学校找刘老师。赵虎娃就走了。这时候大头鱼他们的船又回来了，对我说，人肯定没救了，现在只能捞尸了。我就要他们开价。他说，捞一具尸体两万元，两个小时没捞上来还要加钱。我就问，能不能打个折。大头鱼说，你给我们老板说吧，我接过大头鱼的电话就给郎奇打。郎奇关机了。我心想，他们肯定在唱双簧。就说，你们太会演戏了。大头鱼火了，说你再说我还要加钱。这时那个姚记者过来了，看见我们在吵，他又开始拍照。大头鱼一见又和姚记者理论起来，姚记者很冷静，没有和他吵，就是拍。大头鱼就说他不干了，要离船，被其他几个船员拉住对他耳语了几句。这时候岸边围观了许多人，大头鱼就说，大家凑份子也行，要学雷锋大家学，我们出力，你们凑钱。围观者就说，真不要脸，你这是学雷锋吗，还不是变着花样发死人财。大头鱼又和围观者吵起来。这时候赵虎娃和刘老师赶到了，就交了两万块钱押金。大头鱼他们就去捞人了，捞人的时候，又有几家媒体的记者赶过来了。现场采访我们。我们就说了情况。两个多小时后，大头鱼他们捞了两具尸体回来了。在船头说，已经超时了。还要补五千。有人就说，他们是故意超时。于是大头鱼又骂开了。我一看处理后事要紧，就叫刘老师又加了五千块钱，把事情了结了。第二天，姚记者的照片和报道就上报了。后来，全国都轰动了，'黑心救援'，'黑心江洲'的名声就传开了。市委宣传部一看情况不对，就给我们打招呼，不得再议论传播此事。我们学校特别嘱咐我要管好赵虎娃这几个去游泳的学生。"

对郑老师的采访，小惠做了笔记。还给郑老师写了一个字条，以人格担保，采访的内容不对第三者透露。

这天晚上，小惠关了手机，专心致志地推敲对郑老师的采访。再结合这几天她的调查，她有了重要收获。她将这些收获整理成文字，记载如下：

第一，基本可以排除阴谋陷害的猜测。陈彪的张扬，郎奇和陈彪也不掩饰他们的关系，可以反证他们没有卷入。郎奇的电话只打了一分钟，也不可能布置什么圈套。大头鱼虽然表示出对贺奎的不满，但他还是有施救举动，耽误时间不能由大头鱼完全负责。再说大头鱼也不是一个有心计的人。应该排除主观故意。也就是说，就算有仇富情绪也影响不大。

第二，贺梅是一个比较任性、率真、倔傲的富家千金。乍一接触可能反感，而深入了解则会让人动心。赵虎娃对贺梅前后态度就是证明。看来贺梅也是喜欢赵虎娃的，她选择易康，带有赌气甚至自虐的成分，这也是贺梅个性的一种表现。煞有介事的放假聚会，还有贺奎说的，出事前几日贺梅表现很反常，反映了贺梅比较纠结的心境，但不管怎样，贺梅不可能殉情。

第三，贺梅应该是写日记的。这是证明她心灵秘密的最好材料。可是，为什么日记不见了呢？而且，现在贺奎的态度也发生了微妙的转变，他不再追问殉情的事了。为什么？难道贺奎找到贺梅的日记，发现了这一点？既然如此，贺奎为什么不对我说明白呢？难道贺梅的日记中还写了些别的什么，贺奎不愿意我见到？贺梅说过，其实我不愿生在富人家，是不是有感而发？

第四，郑老师去江边，身上带着两万元儿子的住院费，和大头鱼讨价还价时，他没有想到先垫支出来。这当然情有可原。问题是，如果他先垫支出来，他和大头鱼就可能不会发生争执。这件事，就不会闹得那么大。富有意味的是，争执中大头鱼还向众多围观者提出，大家学雷锋，大家凑钱，他们出力。如果大家同意，这事情也可能会良性化地解决。但是围观者认为是变着花样捞钱，反而引发了更激烈的争执，事情闹得更大，更恶心。这难道不值得回味吗？

第五，整个事件记者姚远从头到尾都在现场。难道他预感到这个事件要发生？在事件的过程中，他全程都在拍照记录，可谓忠实地履行记者的职责。要是他制止这个事件又怎样？比如，他可以警告大头鱼，你要是不救人，我就曝光揭露你，大头鱼很可能会收敛。事实上，在救人那个阶段，大头鱼确实受到震慑，开船去救人了。如果姚远更及时一点，比如，在赵虎娃和大头鱼开始争执的时候就出面，很可能就争取到了救人的宝贵时间。后来大头鱼认为人已经死了，不存在抢时间的问题，又提出要钱捞尸，于是又发生争执。姚远依然在拍照，没有平息事态的表现，似乎坐视事态扩大。尤其是姚远在后来发表的报道中，没有大头鱼说的那句话"要学雷锋大家学，我们出力，你们凑钱"，这是偶然的疏忽吗？

小惠反复琢磨整理出来的文字，突然眼一亮，她觉得自己发现了一条解读学生溺水事件的全新路径！也许这条路径更接近真相！下一步工作，就是对一些尚未完善的环节加以求证，使真相完整地呈现。

小惠全身瘫软地靠在椅子上，揉捏着发痛的额头，看着黑漆漆的窗外。一个男人的身影从玻璃窗外浮现了。小惠猛一惊，定神一看，人影消失了。小惠露出苦涩的笑，她明白，这是自己的幻觉。

这个男人就是姚远。

两年前，姚远离开北京，也离开小惠。他们坐在一家咖啡馆的卡座上话别。姚远说，你解脱了，我决定离开北京，开始全新的生活。小惠苦笑说，这样也好，免得你整天疑神疑鬼。姚远说，但是我还是想知道，你和傅老师是怎么回事？小惠没吭声。姚远又问了一遍。小惠才开口："姚远，我最后告诉你一遍，傅老师是我尊敬的老师，我和他永远是师生关系。他现在住院，我只是在尽一个学生的义务。"姚远又问了一句："要是我就是想不开，离开你呢？"小惠就沉下脸："姚远，你在侮辱我。"姚远沉默了一阵，站起身来，说了一番话："黄小惠，我知道你佩服有建树的男人。我会让你看到我的建树，那个时候，你要是还单身，我可能会再来找你。"

说罢，姚远离去了。

姚远离去后，小惠一直都在扛着，每天都去医院照看傅老师。直到有一天，傅老师问小惠，这些天姚远怎么没给你打电话？小惠还想搪塞，傅老师苦笑，你以为我看不出来吗？小惠流下了眼泪说，没想到他是个小肚鸡肠的男人。傅老师不以为然地说："那要看怎么说，有的时候，小肚鸡肠就是爱。"然后傅老师就数落小惠："我知道你喜欢心有灵犀的感觉，你不屑于多解释，多沟通。这是不对的，在我看来，世界上许多悲剧，其实就是起源于缺乏沟通。很多人都自以为是地理解他人，不会换位思考。你就是一个。姚远和你分手，你是有责任的。"

傅老师要小惠跟姚远联系。小惠打了三次电话，姚远都关机。小惠不再联系了，也不打听姚远去了何方。直到两个月前，小惠才从江洲事件的报道中得知，姚远在《大江报》当了机动记者。

小惠想着往事，天就亮了。

第二天上午 10 点左右，小惠尝试拨姚远的电话。之所以选择此时，是因为按以往的经验，姚远在这个时候才起床。不知为何，小惠有点紧张。结果传来接通的声音。小惠放心了——姚远肯定会接。果然，姚远低沉的声音在电话那头传来："你在江洲吗"小惠说："是的。"姚远又问："来干吗？"小惠说："见面谈，好吗？"

一个小时后，他们在一家咖啡厅见面了。

小惠说，我来江洲出差，就给你打电话了。姚远问，你怎么知道我在江洲？小惠笑了笑，两个月前我可能不知道，现在还不知道吗？姚远有些意外，你真的一直没打听过我？小惠苦笑，我不想做勉强为之的事。姚远露出回味的神情，这么说，你觉得现在有必要见我？小惠点点头。姚远会意：你是看了我的报道吧？小惠又点点头。姚远就沉默了，拿调羹搅动着咖啡。

"也许，你认为我现在很得意吧？"

"恰恰相反，我认为你现在应该有些后悔。"

姚远一愣，看着小惠，心里在想，什么都瞒不过她。但是姚远心里还是有暖意，他相信小惠理解他现在尴尬的处境，所以来看看自己，不觉有些感动。

　　自从曝光"黑心救援"事件之后，姚远一夜之间不仅在业界而且在网络世界里成为明星级的人物，拍的新闻照片还获得了全国大奖。江洲的官方也嘉奖了姚远。姚远可谓春风得意。但是另一方面，江洲的形象受损，文明城市的评选黄了，还断送了一位副市长的政治前途。无形的压力也接踵而来。种种细节就不说了，总之姚远非常难受，如何在江洲待下去，成为他终日思考的问题。

　　姚远露出苦笑："是呀，什么都瞒不过你。不过，也没什么，此处不留爷，自有留爷处。凭我这点虚名，不愁没舞台。现在十几家媒体都在挖我。尤其是《南方快报》，连薪酬都开出来了，还让我当部门主任。"小惠明白姚远没有完整理解她的意思，也没刻意纠正，笑了笑说：那就好。接着，就顺着话题谈起来。

　　"我看报道，你从头到尾都在现场。好像知道要出事一样？"

　　"那也是碰巧。本来我是到江边暗访污水排放的。"

　　以下是姚远的叙述。

　　我本来想和大头鱼他们聊污水排放的事。那个赵虎娃跑过来求救。哪知道大头鱼给他们老板打了电话后就说要钱。

数目还不小。赵虎娃就骂大头鱼冷血。两人就吵起来。我心一动，觉得有戏。悄悄把手机打开录音。接着又来了个学生说别吵了，救人要紧，赵虎娃就抬出了贺梅，说你不救吃不了兜着走。哪知大头鱼更火了，说什么狗屁贺老板，老子就是不尿！我一听就想起2007年黄河边老百姓对官员见死不救的事。觉得这可是大新闻。就从包里拿出相机拍照。大头鱼就抢相机。我就跳下船。后来一个船员拉住了大头鱼，耳语了几句，大头鱼怕了，就开船去救人了。这是让我意外的，我以为大头鱼一定会坚持不救人。既然去救了，我就沿着江边跟拍。远远地看着江面上还有两个人头在挣扎。就想拿长焦抓拍落水者，可是等我拿出镜头，他们已经沉下去了。接着大头鱼他们的船赶到出事地点，转了几个圈，说没救了，就往回开。救人就变成捞尸了。于是大头鱼又和师大的郑老师讨价还价。江边上也已经围过来数百看热闹的人，说什么的都有。大多数都说大头鱼他们乘人之危，发死人财，不地道。还有人说，贺老板和他女儿也不是好东西，死了活该。也有人说，医院救人，墓地埋人都要钱，价钱吓死人，凭什么不给钱就捞人？我都录下来了。同时接着拍照。大头鱼又冲着我来，我很冷静，没有和他发生争执。后来，师大的财务带钱来了。交了两万元押金，大头鱼他们就去捞人了。捞完人之后，又说超时了，要加收五千元。郑老师他们就加了五千元，把尸体抬上一辆中巴。我也回报社了。

回到报社我立即赶出了稿子，附上了照片。何总和社委都来了，一边审稿一边研究发不发。我明白何总的顾忌，怕给江洲抹黑。但是我提出，现场已经有其他几家媒体的记者去了，还有《南方快报》驻江洲的记者，纸是包不住火了，要是不发，说我们江洲捂盖子，更加被动。何总想了想说，这是一步险棋，弄好了，我们报社可以一鸣惊人，弄不好，我这个老总就要下岗。我就建议何总给宣传部的孙部长打电话，还告诉他怎么说，何总按照我的观点说了。孙部长就同意发了，但是强调，不得有后续报道。报道发了之后，举国震惊。黑心江洲的名声也传开了，官方也有人很恼火，要追查责任。孙部长还挺担担子，说，这事我知道，我们是全国首发，说明我们江洲不护短，要不然，辞职的恐怕就不是副市长了。这事就算平下来了。不过我的日子并不好过。那些当官的看见我，都阴阳怪气的，网上也有网民骂我是江洲第一白眼狼。当然也有很多人说我是江洲第一啄木鸟。总而言之，我现在一半是天使，一半是魔鬼。

姚远说完，掏出一支烟，点燃默默抽起来。小惠看着姚远居然会抽烟了，一口就吸了小半截，立即想起在北京时姚远对她说的话，我这样烟酒不沾的男人，你到哪儿找？想到这里鼻子就有点发酸。她起身去了一趟洗手间，掏出纸巾，揩了揩眼睛，冷静了一下，又走出洗手间，回到座位，问了姚远几个问题。

"这么说来，你们老总，还有孙部长，都是很懂政治的。要是捂住不发，你们真的更加被动。"

"孙部长是从政治考虑。何总还有经济考虑。现在我们《大江报》的发行量和品牌都上去了。何总还说，《大江报》培养了一个金牌记者。"

"那个赵虎娃和大头鱼吵起来，一直到他们去救人，其间大概有多久？"

"从我录音开始，到他们去救人，大约10分钟。"

"这10分钟，你就一直看着吗？"

姚远一愣："你是什么意思？"

小惠笑了笑："没什么，就是觉得，要是你干预，没准就能赶出七八分钟来。你刚才说，你跟在江边拍照时，还看到贺梅他们没有沉下去。这七八分钟意味着什么？意味着生命。"

姚远听出了小惠的意思，突然激动起来："我是记者，我有我的职责。在战场上，你总不能要求战地记者去制止战争吧？战地记者的使命就是记录战争！"

小惠沉默了，抿了一口咖啡。

气氛有点沉闷。

"姚远，我听说后来大头鱼捞尸的时候还说了这么一句话，'要学雷锋大家学，我们出力，你们凑钱。'有这回事吗？"

姚远警觉："你怎么知道这么细？你在调查这个事？"

"我对你参与的事都很在意，你不应该奇怪。"小惠盯着姚远，"既然你全程都在记录，你说有没有？"

"有。"

"那你的报道为什么不提这句话？"

姚远沉默了，表情有些忐忑起来。

"是你忽略了，还是被删掉了？"

姚远依然沉默。

"姚远，你回答我。"

"我口头向何总提出过。何总说，这么写，牵扯面就大了。围观者都要带进去。还是打落水狗吧。"

"所以你们就把所有缺德的责任都压在大头鱼他们身上？"

姚远没回答。默默地抽着烟。

小惠又开口了："姚远，你的银行卡上还有多少钱？"

姚远一愣，他很意外小惠突然转移了话题。

小惠笑了笑："还是我给你办的那个卡吧，密码是我的生日？"

姚远苦笑："是的，我一直没改密码。也一直没用。"

姚远掏出了钱包，拿出了那张银行卡。

小惠接过卡，端详着："这么说，卡上至少有 10 万块钱，足够了。"

姚远瞪着小惠："你要买什么？"

小惠低声说："要是你当时掏出这张卡，这事就不会闹这么大。"

姚远立即就明白了，想说什么，但是什么也没说出来。

小惠苦笑："你在记录丑恶，审判丑恶，就是没想到消解丑恶。"

小惠放下银行卡，就要买单。

姚远一把拉住小惠：再陪我坐一会儿，好吗？

当晚，小惠疲惫地回到宾馆，发现郎奇坐在大堂打手机。小惠的手机响了。她把手机掐了，走到郎奇身边。郎奇抬头一看，站起来："你怎么现在才开机？我都担心你出事啦！这两天那个贺奎也在做动作，你是我们的人，千万要小心哪！"小惠冷笑："郎奇，我怎么成了你们的人？我什么也没答应。而且我要提醒你，不要破罐子破摔，不要给人当枪使！不要到时候被人卖了，还在替人数钱呢！"郎奇一愣："你是不是听到什么风声了？"

郎奇跟着小惠进房间，还在打听。小惠严肃地说："郎奇，我知道贺奎迁怒你毁掉了他女儿，对你也有打击报复，所以你也要反报复。你们真的是想为江洲正名吗？你们是打着为江洲正名的招牌在进行个人报复。说得难听点，就是狗咬狗。"郎奇悻然道："就算我们是狗，贺奎也是狗，而且是恶狗。我们是主观为自己，客观为大家。不信你在江洲做民意测验，看贺奎能有多少票？"小惠说："不管贺奎是什么人，你们都不能歪曲事实。你以为编个故事人家就看不出来了？再说，你们在宣扬什么？宣扬你不仁，我就可以不义。这和本·拉登有什么区别？美国政府对不起拉登，拉登就可以对不起美国人民？这么一来只能把人心搞得更乱。再从博弈角度说，你以为有某些江洲领导在后面支持就有恃无恐吗？说江洲事件是缺德事件，这是舆论定的调子，江洲官方在台面上也认了账。你就凭想象要翻案，舆论能答应？到时候又是沸沸扬扬的舆论风暴。说你们制造动乱都不过分！"

郎奇这才傻了，但还是心有不甘。

"照你这么说，我就活该倒霉？"

小惠口气缓和下来："郎奇，不管怎么说，你都是有责任的。你要吸取教训。以后做事要上点心，特别是干救捞。要当件事来干。不是说不要钱，而是说君子爱财，取之有道。比如把规矩订得再完善一些，成本和利润核算更公道透明一些，让员工的态度再和气一些，遇到贺梅这类的非常事件再灵活一些，要是再要求高一点，你们的心里再多一点爱，这事会发生吗？"

看着郎奇脸色缓和下来了，小惠又给他沏了一杯茶。

"郎奇，我知道你这些年行走江湖，阴暗冷酷的东西司空见惯。可是，不能因为现在阴暗冷酷的东西多，我们就可以放任自己也阴暗冷酷。李爱国这个网红人物你知道吧？他的爱国逻辑就是，外国人比我们还缺德，所以我们就该自豪。我看是流氓逻辑。在我看来，不管别人怎么坏，我们都要守住底线，这才是做人的正道。亏你还标榜追求文学，你知道什么是文学？文学的使命之一就是给人温馨和希望，而不是助长人与人之间的仇恨和绝望！"

郎奇像一只驯服的羊羔静静地听着小惠数落，听罢长久没吭声。后来长长地叹了一口气："黄作家，你怎么不是姚远？要是他的报道像你这么说话，我能不服吗？可是现在……"

"好了，你别往下掺和了。你也去跟陈总说说，要他三思而行。"

郎奇刚走，有人敲门。

小惠还以为是郎奇又回来了。开门一看，是郑老师带着妻子站在门口。郑老师的妻子又黑又瘦，穿着朴实，一进门就给小惠跪下了，还拉着郑老师一起跪。郑老师满脸通红地说："素芬，你这是干吗？你这不是为难黄作家吗？"郑老师拉起泪流满面的妻子，连连对小惠解释："黄作家，我太太没什么文化，你别介意，她就是要谢谢你！"

坐下后，小惠得知，医院调集了最好的专家给郑老师的孩子进行了会诊，正好北京的一位血液专家也来江洲讲学，医院把他也请来了。会诊的结果是，郑老师的孩子不是白血病。为了保险起见，明天再进行一次全面检查，做最后

确认。

"黄作家，你是我们全家的大恩人呀！"郑妻含着眼泪说。

说着，郑妻看了郑老师一眼："你怎么傻了？"

郑老师满脸通红地掏出一个信封："黄作家，这点小意思，你……"

小惠一把按住郑老师的手："郑老师，你这就不对啦。"

郑老师更狼狈："黄作家，我知道你清高，可是我们也要表示一下心意呀。"

小惠就说，那好，我正好有件事求你帮忙。

原来小惠要访问公安局的周法医，也就是给贺梅和易康进行尸检的周胖子。

"我听你说过，你们是高中同学？"

郑老师一听，露出紧张神色："黄作家，你要干吗？"

小惠说："我想了解贺梅和易康溺水的时候到底发生了什么情况。你放心，我不会把事情搞复杂的。"

郑老师还在迟疑。郑妻开口了："你愣着干吗？还不打电话？你不打我打，你可别吃醋！黄作家，没问题，这周胖子也是我同学！当年还给我写过情书呢！"

小惠不禁笑了，没想到现在又黑又瘦的郑妻，当年还是周胖子追的对象。小惠这才认真看，发现郑妻眉目还是挺清秀的，长得有些像张曼玉。

"也好，素芬现在下岗，她出面，比我更合适。"郑老师也说话了。

小惠一看时间，已经 11 点了，就说："你约他明天中午在咖啡厅见面。不要说我找他。到时候我当面和他谈。"

送走了郑老师夫妇。小惠全身发软地靠在床上，迷迷糊糊地就睡着了。大约凌晨 3 点，她又被电话惊醒。一看号码，是姚远。

姚远在电话那头抱歉地说："对不起，我实在忍不住。"

小惠说："没关系，说吧。"

姚远却不说话了。

过了一会儿，小惠听到姚远的抽泣。

小惠有点慌了："你怎么啦，不是说得好好的吗？你说你想得开。"

姚远哽咽着："我不是想那事。"

"你想什么？"

"我原以为离你近了，可是……更远了。"

"你不还是在想那事吗？我说了，这事不怪你，我要是你，也会昏头的。我现在是站着说话不腰疼。"

"不，你在安慰我。我相信，当时你在场，肯定会把银行卡掏出来，押给大头鱼。这事就不会发生。"

小惠沉默了。

姚远又开口了："我要是那样做了，现在也不会这么被动。"

小惠还是沉默。

"你说，我现在该怎么办？离开江洲？"

小惠开口了："姚远，你再给我几天时间，我好好想想。"

不知不觉，天又亮了。

小惠在咖啡厅门口和郑妻见面，差点没认出来。郑妻化了淡妆，还穿了裙装。清秀的脸庞透出美人气质。见小惠傻看自己，郑妻有点不好意思："昨天我是从医院直接到宾馆的，没收拾。都是孩子给闹的。"

她们进了咖啡厅，周法医已经在等了。见了郑妻，周法医立即起身问，素芬，是孩子的事吧？郑妻一笑，指着小惠说，孩子的事，黄作家已经给我解决了。医生说，不是白血病。周法医露出惊喜神色：真的？我就说嘛，隔行如隔山，我只和死人打交道，活人的事，是外行。郑妻就打断：好了，好了，不说孩子的事了，今天是黄作家有事找你，你们说话吧。

大家就坐下了，交换名片后，小惠拿出了自己签名的散文集，郑重地交给周法医。周法医笑眯眯地翻着书说，黄作家，有事就说吧，您是素芬的恩人，就是我的恩人。

但是听小惠说明了来意后，周法医果然像小惠料想的那样有些疑问：黄作家，你问这些干什么？小惠微笑说："我想以江洲事件为素材写一部小说，提供一种与现在的说法不一样的解读。我相信，更接近真相。"

周法医好奇：你想怎么解读？

"还没想好。简单地说，我认为这件事是可以不发生的。这事件的过程中，任何一个环节，只要当事人往前走一步，或者往后退一步，这事就不会发生。而且，无论是往前走一步或者是往后退一步，都不是做不到的。当事人也不会有多大的牺牲。"

周法医看着小惠，露出了寻味的神情：你是想写蝴蝶效应？

小惠微笑："不是的。蝴蝶效应是我们无法把握的，几乎可以说是天意。我想写的是我们能够把握的事情。我想写的是人心。换言之，我是在考虑，人间如何能少一点邪恶的事。我想，你也会对这个话题感兴趣。"

周法医还在琢磨："难道你不认为这是个缺德的丑闻吗？"

小惠也认真起来："这就要看怎么说了。有些悲剧是缺德造成的，有些悲剧却不是缺德造成的。我认为在生活中真正缺德的人很少，比如大头鱼，半年前还救过村里的孩子，一分钱没收。怎么可能半年工夫就缺德成那样？"

周法医沉默了。

郑妻便有些急了："周胖子，你刚才说过，黄作家是我的恩人，就是你的恩人，你说话算不算？又不是要你出卖国家机密！"

小惠立即接上去："周法医，不瞒你说，你们局出的那份事件报告，我也看了。我觉得在尸检报告部分有一些含糊。我不怀疑你们的结论，但是有一些细节，你们没有出示。"

　　周法医脱口而出："什么细节？"

　　"比如，报告中说易康和贺梅都喝了酒。但是，他们喝酒的程度却没有提及。据我所知，贺梅的酒量很了得，一斤白酒对她不在话下。此外，她的水性很棒，还是学校1500米自由泳的冠军。还有，溺水有干性溺水和湿性溺水之分，报告中也没有涉及。你明白我的意思吗？我想知道，当时都发生了什么事。再说白一点，我估计是易康先溺水，贺梅去施救，在救援中两人罹难。"

　　周法医惊讶地看着小惠：黄作家，你真是作家吗？

　　小惠笑了笑：这么说，我猜对啦？

　　周法医点点头："是的，易康喝的酒比贺梅要多，是干性溺水，右腿有抽筋症状，而且腿上有水草缠绕的痕迹。所以最先溺水的应该是他。贺梅是湿性溺水。估计是施救易康的时候被易康拉拽，大量吸水所致。贺梅身上还有不少抓痕，也证明这一点。"

　　"可是，你们为什么要隐瞒呢？"

　　"贺奎当时很偏执，怀疑有人谋害她女儿。我们不想节外生枝。局领导说，在基本结论确实的前提下，细节越简单越好。"

小惠意味深长地看着周法医："是否还有一种考虑，要是贺梅有救人的举动，就是英雄行为，江洲人延误了救英雄的时间，舆论的压力就更大了。"

周法医顿时有些慌乱："这……这……这我不知道领导是怎么想的。"

小惠不再追问了："周法医，谢谢你，我就问到这儿。"

周法医顿时轻松起来："黄作家，你就问这个？"

接着周法医又试探："你写小说，可以虚构。这细节那么重要吗？你是不是要把贺梅写成英雄？"

小惠说："我没想写英雄，只想尽量接近真相。我不相信世间的人全都那么坏，我觉得每个人都会有良知的一面，只是要有适当的环境激发出来。在我的小说里，贺梅——不管她在小说里叫什么，是事件最开始的环节。由于任性，她提出去深水区游泳。易康并不情愿，但是由于易康的懦弱以及对贺梅的迁就，就跟去了。这么一来，贺梅的责任就大了。我不想这样。于是就想，贺梅在最后的时候应该对自己的责任有所承担才对。但我不满足于虚构，就想证实一下，现在事实证明，她确实对自己的责任做出了承担。当然，她也付出了生命的代价。"

周法医感慨："黄作家，你写小说还这么较真呀！"

分手时，周法医又说了一句："黄作家，我对你的小说非常期待。这对我们的业务也很有帮助。"

小惠说，我会送你一本的。

告别了周法医，小惠就和郑妻分手，找到了赵虎娃。她想知道，赵虎娃去找财务刘老师的时候发生了什么。小惠在琢磨以前的采访，又算了一下，从江边骑摩托赶到学校大概10分钟，而刘老师和赵虎娃赶到江边用了一个多小时。要是刘老师早一点赶到江边，捞尸的争执也不会闹得那么大。

赵虎娃也困惑了：小惠姐，你想干吗？

"你先告诉我，我再告诉你。"

赵虎娃就说了。

原来赵虎娃赶到财务室，刘老师正在打开保险柜拿钱，可是转念一想又关上保险柜。说三万现金以上的提取要主管处长批。刘老师就给处长打电话。学校放假，处长不好联系，打了40分钟才联系上，又请示了10来分钟，再从学校回到江边，这事就拖了一个小时。

小惠听完心一动，自己的小说又有了一个新环节。后来小惠就对赵虎娃讲了自己的小说构思，大体和对周法医讲的一样。

赵虎娃明白了："小惠姐，你是说，所有的当事人都有罪？"

小惠苦笑："不是有罪，是有责任。也包括我黄小惠。"

小惠就讲了自己和姚远的故事。赵虎娃没想到小惠和姚远居然曾是恋人，瞪大眼睛入神地听，后来小惠自责地说：

"姚远和我分手后，一直想做点大事。回想起来，我也有责任。我和他缺乏沟通，也流露过对他的不满，嫌他有点奶油，做事不够男人。所以这次姚远只想着曝一个大新闻，证明给我看。"

看着小惠内疚的样子，赵虎娃也显出激动。

"小惠姐，我都给你说了吧。"

原来在贺梅溺水前一个月，易康在贺梅的日记里发现贺梅依然不舍赵虎娃，很痛苦，提出分手。贺梅不答应。于是才有了那次聚会。聚会那天去游泳的路上，易康悄悄对赵虎娃说："我把贺梅的录音抹掉了，也跟她说了，我说我不要她承诺决不背叛我，我只希望她不要背叛自己的初心，她没吭声。"赵虎娃听完愣了一下，但没有搭理易康，易康又说："我觉得她还是喜欢你的。还是你和她好吧。"到了江边，贺梅穿着泳装走近虎娃，低声说："我们找个地方谈谈，行不？"赵虎娃预感到什么，迟疑了一下："我们还是游泳吧。"于是贺梅就下水了。过了一会儿，贺梅才大声提出到深水区去游泳。最后是易康和她去了。

"小惠姐，你把这个情节也写进去吧。要是我当时答应和贺梅谈一谈，不管结果如何，她和易康都不会出事。"

说罢赵虎娃松了一口气："我能承受，我也应该承受。"

小惠感动地看着赵虎娃："虎娃，谢谢你支持我。"

那天晚上，小惠和赵虎娃一起吃的晚餐。回到宾馆，小惠关了手机，打开电脑，开始写调查报告。门又响了。小惠起身开门，郑老师一个人出现在小惠面前。小惠看着郑老师表情有些沮丧，紧张起来：是不是孩子的事？

郑老师说："孩子没事。还有两项化验后天有结果，不过医生说，可以百分之九十九地肯定不是白血病。"

郑老师说的是喜讯，可是他脸上还是忧心忡忡。

"郑老师，是不是手头有点紧？"

"不，不，你别误会。"

"那你有什么事吗？"

郑老师这才艰难地说出口，我听太太说，你要把当事人都写进去？小惠笑了笑说，那就是一说而已，再说了，我说的是写小说，不会用真名的。

郑老师苦笑："你实在要写就写吧，我当时的确是带着两万块钱，可那是我孩子的住院费，你是不是能考虑考虑，给我宽大处理？我不是想逃避责任，是怕我孩子看了，瞧不起我，受刺激。"

小惠这才明白郑老师的来意，想了想说："郑老师，你看这样行不行，我写完了初稿，请你过目，你要还觉得不妥，我再把你删去。"

小惠向贺奎呈上了调查报告。报告的开头部分如下。

本人受委托人贺奎先生所托，于 2010 年 9 月 18 日开始至今共 8 天，对贺梅溺水身亡整个事件成因展开调查。现形成本报告。

贺梅，1990 年生，系江洲师范大学文学院 2011 届中文系 5 班学生。2010 年 7 月 16 日与同班同学易康及其他同学 4 人去花江游泳，不幸溺水，与易康一起罹难，时年 21 岁。

据调查，贺梅入学第二年对同班男生赵虎娃产生暗恋。但赵虎娃对贺梅的张扬个性及富家千金身份抱有偏见，经常讥讽贺梅，贺梅很是纠结伤心，带有赌气心理转而与赵虎娃的密友易康发生恋情。易康与贺梅恋爱后，曾与赵虎娃交谈，介绍贺梅善良品质，要赵虎娃不要对贺梅抱有偏见，还告知赵虎娃，贺梅曾暗恋赵虎娃，赵虎娃对贺梅态度开始转变，并对贺梅产生好感，但碍于易康密友关系克制自己。溺水前一个月，易康在贺梅日记中发现贺梅其实依然爱慕赵虎娃，一度很痛苦，提出与贺梅分手，贺梅不答应。为表示自己对易康的情感认真，贺梅于 7 月 16 日中午，召集易康寝室的室友包括赵虎娃在滨湖酒家聚餐。当场宣告自己不会背叛易康。同时要赵虎娃用手机录音见证。赵虎娃拒绝。贺梅即用易康手机录音。聚餐时大家都喝了酒。其中以易康和赵虎娃饮酒较多。聚餐后约下午 3 点，大家感到天热，于是贺梅提议去花江游泳。大家接受了提议。

贺奎看到这个部分停下了。意味深长地看着小惠。

"你想说，我女儿并不爱易康。所以不可能殉情，是吗？"

小惠暗暗吃惊，她再一次领教了贺奎的精明，他只读几行字就看出了文字中的微言大义。

"是的。"

贺奎笑了笑，又看下去了。

贺奎第二次停顿是在看了以下这段文字。

大约半小时左右，赵虎娃看见易康和贺梅在深水区那边扑腾，以为他们俩在亲热，心里很不舒服，看了一会儿就觉得有点不对劲，可是还是有点嫉妒，心想，不是水性好么，看你们逞能！这时同学秦贵宝也注意到了，说他们都喝了酒，恐怕要出大事。赵虎娃这才感到紧张，想要去救人。秦贵宝说，你喝了那么多酒，别赔进去了，江边有救捞船，快去求救。赵虎娃就跑向救捞船求救。

据尸检调查，先溺水的应该是易康。尽管他水性不错，获得过学校自由泳50米亚军，但主要是速度见长，体力未见得是优势。其体育项目中耐力项目成绩一般，加之游泳前大量饮酒。尸检显示，他是干性溺水，肺腔没有积水，还发现有抽筋和被水草缠绕迹象，可能是突然受到抽筋和水草缠绕刺激，进入溺水状态。与易康相比，贺梅的水性也不错，获得过学校1500米自由泳冠军，说明她耐力较好。而且她酒量很大，也没饮多少酒，此前还多次横渡花江。所以意外溺水的可能性相对较小。贺梅的溺水应该是对易康施救所致。尸检显示，贺梅是湿性溺水，肺腔大量积水。这是救援时被拉拽大量喝水所致。此外贺梅身上还发现被拉拽的痕迹。这都说明贺梅是在施救时导致溺水。

贺梅施救易康的同时，赵虎娃向大头鱼求援。此时来江边暗访污水排放的《大江报》记者姚远也在现场。大头鱼就给老板打电话，老板郎奇正在打牌，心里烦，要大头鱼长话短说，大头鱼说有生意来了。郎奇就说按规矩来，接着就关机了。赵虎娃听大头鱼说有生意心里就有些火。大头鱼放下电话就说要收费。赵虎娃就问他怎么收，大头鱼说救一条命要四万。赵虎娃更火了，就说你是不是人。大头鱼也火了，俩人就吵起来。没吵几句，秦贵宝也赶过来，说可能真出事了。俩人在江里纠缠在一起，一会儿沉下去，一会儿冒出来。秦贵宝还要赵虎娃别吵了，赵虎娃就对大头鱼说，落水的是贺老板的女儿，钱有的是，一分不会少你的。你不救，可就吃不了兜着走。哪知大头鱼更火了，说就是皇帝女他也不尿。这时姚远意识到这是个新闻事件，开始拍照。大头鱼一见，就去抢相机，姚远就跳下船，还回头在拍。大头鱼要跳下船抢，被一个船员拉住了，跟他耳语了几句，大头鱼就开船去救人了。

贺奎掏出红墨水笔，把这一段文字圈起来。然后问小惠。

"贺梅救易康的细节，你是不是访问了尸检官？"

"是的。"

"可是警方给我的尸检报告中没有这么细。怎么解释？"

"周法医说，你当时很偏执，怀疑有人谋害贺梅。所以不想节外生枝。他们局领导说，在基本结论确实的前提下，细节越简单越好。"

贺奎不吭声了，又重看了这一段，才冷笑开口。

"争执了 10 分钟，加上赵虎娃看热闹耽误的时间，至少有 15 分钟，也就是说大头鱼、郎奇、赵虎娃还有姚远，这四个人都可以把这 15 分钟抢过来，可是却偏偏延误了。小惠女士，你是在暗示有四个凶手在相互配合延误时间，还是在暗示他们任何人都不用对延误时间负责？"

小惠又一次感到吃惊，她吃惊贺奎才看到此处就看出了门道。但是小惠也被贺奎的偏执和尖刻惹恼了。

"贺总，你要这么理解，我觉得还要加上一个人。"

"谁？"

"就是你。"

"我？"

"对。就是你。你想想，要是你在江洲人心中有好口碑的话，赵虎娃会那么介绍你吗？大头鱼会说皇帝女他也不尿吗？姚远会只盯着新闻吗？"

贺奎愣住了，呆呆地看着小惠。

"贺总，还有一个细节，我没写进报告。是照顾你的面子。"

"什么细节？"

"事发时，赵虎娃也给你打过电话，可是你关机了。你在和情人亲热，没错吧？这意味着什么，不用我挑明了吧？"

贺奎脸红了，又白了。

"可以肯定，你在江洲虽然妇孺皆知，但口碑并不好。这在客观上影响了人们对贺梅救援的主动性。当然，这并不构成这次事件的直接成因。请你完整地看完我的报告，我们再讨论。"

贺奎阴沉着脸，看下去了。最后他的目光盯住了结尾的文字。

我认为，这次事件是各个环节的当事人综合造成。从贺梅开始，直到师大财务的刘老师赶到现场，交出押金开始打捞尸体，所有的当事人都在做着人之常情或者说遵循职守的事，却促成了一个悲剧或者说丑闻。我不认为这是什么神秘莫测的荒诞。我认为，只要所有的当事人多一点沟通，多一点信赖，多一点宽容，多一点承担，这事就不会发生。这不需要雷锋的人格境界，因而是所有的人都能做到的。所以，我认为这个事件不存在阴谋，也不像人们想象的那么丑陋，甚至和道德人品无关。但是它确实值得我们所有的人反思。

贺奎两眼呆滞，呆呆地坐了十几分钟，才聚焦小惠。

"你是要支票，还是要转账？"

小惠明白贺奎的意思，笑了笑。

"我什么都不要。"

贺奎意外："为什么？"

"我的报告还有明显缺陷。因为某种缘故，我只能做到这个地步。所以我不能接受报酬——这也是我的承诺。"

"是什么缘故阻碍了你？"

"我始终都没找到我认为存在的那本贺梅日记。贺梅说过，她其实不愿生在富人家，我觉得这也和她溺水身亡有某种关系。可惜我找不到相关证据。"

贺奎傻了，木然地看着小惠。

"贺总，我说白了吧，我认为是你故意扣下了那本日记。因为你在日记里看到了一些不想让别人看到的东西。"

小惠等待了一阵，她希望贺奎能够回应，但贺奎始终没有回答。

"好吧，我走了。"

"站住。"

小惠站住了，回头望贺奎，她的预期是贺奎拿出日记。

"这不是你的错，是我把日记烧了。不过我可以告诉你，日记的内容与梅梅的死无关，都是我的破事。我决不会曝光的。"

小惠浅浅一笑，露出了两个浅浅的酒窝。

"我早就想到了。不过我并不关心你的破事，只是想更深地知道真相，使调查更圆满。"

"已经很圆满了。我再问你，要支票还是转账？如果你想要现金，我马上通知人送过来。"

"我也再说一遍，我要的是圆满。你根本不知道我指的圆满是什么。"

小惠就这样走了。

那么，小惠期盼的圆满是什么呢？

这是姚远对小惠提出的疑问。

小惠离开江洲之前，来跟姚远告别，姚远请小惠来到一家园林特色的酒家吃饭，这时候他才知道小惠来江洲的真实意图以及调查的大致结果，于是，姚远就这样问小惠。

"我想知道，经过两千年的道德教化，中国人个个都成了道德审判者，可是一到实践就不敢恭维了。这是为什么？就拿救人这件事说吧，其实并不需要多高的道德境界，也不需要多大的个人付出，为什么大家都眼睁睁地看着悲剧发生？我就想知道这个答案。"

小惠露出了困惑的表情。

"你有答案了吗？"

小惠表示遗憾："要是有答案，我怎么会拒绝贺奎的支票？"

姚远也琢磨起来："你不是说，人人都缺少了一点对他人的爱吗？或者说，人人都缺少一点责任感？"

"可是，为什么人人都缺了一点对他人的爱，缺少了一点责任感呢？"

姚远摇头苦笑："小惠，你这就是钻牛角尖和自己过不去了。"

小惠也点头苦笑："是呀，我这个人的确有毛病，就爱钻牛角尖，不然也不会把你给弄丢了。你说我还有救吗？"

姚远听了小惠的话，不觉心一动，一股暖流从丹田直上喉头，两眼发直地盯着小惠。这时他发现小惠也两眼发直，但不是看着自己，而是盯着小包房墙上挂的一幅书法。姚远也转身看过去。只见条幅上写着七个颜体大字："室为吾居故吾爱"，字倒是颇有功夫，可是落款的书家没听说过。

小惠居然起身走到条幅面前，细细端详起来。姚远也起身走近小惠，只听小惠自言自语："也许这就是答案。"

"你说说看？"

小惠摇摇头："我还得好好想想。"

说罢，小惠又回到座位，端起了酒杯："来，碰一个。"

于是两人就你一杯我一杯地喝起来，姚远暗暗吃惊，没想到现在小惠的酒量这么大，小惠就笑道："你的酒量也不小呀。还好意思说你烟酒不沾呢。你是个骗子，我怎么就相信了呢。"话一出口小惠突然觉得有些心慌意乱，忙改口：酒逢知己千杯少，你不知道吗？改口说的话更不得体，令人浮想联翩，姚远立即追问：我还是你的知己吗？小惠更慌乱，为了掩饰就皱起眉头：我最讨厌你这不自信的德行，当心我把你这德性写进小说里！

说罢小惠突然站起来："我真醉了，说胡话了，你别瞎想，我走了。"

姚远还没反应过来，小惠便走出了包间。

第二天一大早，姚远收到了小惠的短信：

　　姚远，我改主意坐早班车走了，因为不想看到你送我的尿样。

　　其实昨晚一夜无眠，不是想你，而是想我的那个结论。看了那幅字，觉得可以放大看，只有国家是每一个"我"的，我们才会有真正的爱，我们才会把每一个他人看成"我"的延伸，我的家人，从而有责任感。可是现在我们把话说反了——我是属于国家的，或者只是大海的一滴水。很难设想一滴水会关心另一滴水，只有大海整个属于我，我才会关心每一朵浪花和每一滴水。不是吗？你理论水平历来比我高，帮我在理论上概括一下，这话该怎么说。我会在后记里鸣谢你，这也是你改变在我小说中形象的一个机会。不要错过了啊。

姚远躺在床上看了三遍，一弹身跳起来，直奔报社，找到何总，递交了一份辞职报告，何总吃惊地看着姚远。

"怎么回事？社里没亏待你呀！市里也没把你怎么样呀！还给了你嘉奖，你要我们把你当神供呀！不就是有些流言蜚语吗？我给你说过，扛过这阵子就好了。市里马上要换届，下一届领导不会计较你的。现在你有了品牌，社里也有了品牌。我们可以大干一番。有了这次的经验，我们不再吃窝边草。我们去抠别人的屁股。现在社会上到处都是缺德事，有的是素材。我们一定能成业界的领军媒体！"

姚远露出歉意："何总，实在对不起。我决定了。"

姚远转身往外走。

"站住！"何总真火了。

姚远站住了。

"你是不是想叛变，去投奔《南方快报》？"

姚远苦笑："何总，您误会了。"

"那你想干吗？"

"我都 36 了。我想有个家。"

何总冷笑："你想有家就有家啦？得有女人才行。再说，你那么挑剔，哪个女人能入你的眼？"

姚远露出了几分得意神色："何总，我找到了。我太太叫黄小惠。"

2013 年 5 月于广州

2019 年 10 月修改

老王开会

老王叫王海波，是黄小惠的姨父，最近从黑山市调任江城市纪委书记。

老王干纪检30年，享有"铁包公"威名。传说他六亲不认，连上级都敢顶撞。传说他往腐败分子面前一站，腐败分子就要尿裤子。传说他身手高强，一个人可以打八个壮汉。这些坊间传说一听就是乡里人口吻，属于民间故事，真真假假，不过小惠一段亲身经历倒是确凿无疑。

那是两年前，老王在黑山市任纪委书记的时候，办了一个轰动全国的腐败大案，导致该市领导班子大换血，被双规的大小干部近百人。小惠正好去看她姨，姨父忙活得像大禹，几天几夜都不回家，还叫老婆给他往单位送换洗衣服。小惠便跟着她姨去看姨父，老王接了衣服就打发她们走，送她们出院子的时候无意中冒了一句话："他妈的，这帮家伙走到写交代的地步还想推责任，什么这些年只埋头拉车没有抬头看路，政治学习放松了，没学好党章文件，马克思主义信仰没巩固好，好像他们走上了邪路，还是他们抓发展太投入的缘故。"

小惠一听就冷笑，脱口而出："这些贪官推脱责任的话都是放屁！"

于是小惠就给姨父推荐了一部小说《骡子和金子》，说的是一个名叫骡子的马夫阴差阳错地受雇于红军运输队，参加了长征。湘江之战他赶的那匹骡子被炸死了，货物掉在地上，金条撒了一地，原来是红军银行的金库驮在骡背上。马夫骡子把金子收拾好，藏在身上，突围回到湘江对岸的家乡，他本可以吞掉金子，一夜暴富，可是他这个一根筋的马夫，却历经千难万险追红军，坚持要把金子还给红军东家，一直追到了瓦窑堡，完成了一个人的长征。不用说，小说火了，还改编成了电视剧、戏剧、连环画，获了十几个政府奖。

"看看人家骡子，既没文化也没学党章，更不懂马列，只知道不是我的东西就不能贪——这是幼儿园的娃娃都明白的道理！"

老王一听眼睛亮了，立即上网从花城出版社直接邮购了500本小说，给那些被双规的人员每人都发一本，并严厉地训话说：

"你们别给我玩花活，什么党章没学好，马克思主义信仰不巩固，淡忘了全心全意为人民服务的宗旨，所以走上了邪路。你不贪还要学党章才明白吗？不贪还要树立马克思主义信仰才行吗？你们不仅是继续欺骗党，还是侮辱党！把我们党的理论高度贬低到小儿科水平！"老王学着小惠的口气往下说："看看人家骡子，既没文化也没学党章，更不懂马列，只知道不是我的东西就不能贪——这是幼儿园的娃娃都明白的道理！你们入党这么多年，还不如一个老百姓骡子，你们把党的脸都丢尽了不说，问问自己还有没有羞耻心？给我好好读这本小说，就知道该怎么反省交代了！"

几个月后，小惠又出差来黑山，得知姨父的工作有了突破性的进展，绕山绕水的现象少了，老老实实交代问题的多了。老王就对小惠说，得谢谢你对我工作的支持呀！小惠淡淡一笑："姨父，祝贺您。不过，我还想提个意见。您的工作成绩一是靠您无私无畏，鞠躬尽瘁，精明强干；二是靠您的攻心战，击溃贪官的心理防线，唤醒贪官们的原始羞耻心，从而缴械投降。总的说来就是以德治贪或者说叫觉悟反腐。我看还是要在制度反腐上下大力气，根除腐败滋生的土壤，不然，您累死了不说，腐败依然会野火过后又重生。"

老王一愣，有些尴尬，但又觉得小惠说得有些道理，中央也提出了要加强反腐制度设计，要把权力关在笼子里的理念，便问小惠："那你有什么高招？"

小惠苦笑说："我也拿不出高招，这都是我这些年当律师的感受。仅供您老人家参考罢了。"

老王脸一沉："老人家？我老了吗？"

小惠发现姨父变脸了，看着姨父满头斑白，不再吭声。

老王没再追问，但那夜无眠，整夜都在想小惠的话。

一年后，老王就调任到江城市任纪委书记。这属于平调。有人说是他在黑山得罪人太多，生命安全没有保障，所以是保护性调动。有人说是他在黑山闹得动静太大，产生了不小的负面影响，所以是处分性调动。也有人说这是上级委以重任，调他来江城再立新功。

老王就在各种传言中来到新岗位。没带秘书，没带司机，没带家属，也没开欢迎会。纪委班子许多成员还是在第一次办公会上才认识新书记。大家都惊讶，这个满头白发，干干瘦瘦的老头，怎么会是铁包公？老王在会上也没多说话，只是说，我现在要做些调研工作，了解情况以后再发表看法。

散会后，市委办的刘主任来了，和老王商量秘书的人选。

刘主任提出三个人选，还拿出了一些准备好的简历。老王看了简历便问刘主任，你觉得哪个更合适？刘主任迟疑了一下说，我觉得何平比较合适。小何一直在政研室工作，材料写得不错，人也老成稳重。

说着刘主任又拿出了一本内刊："这是政研室编的专刊，这期都是谈纪检工作的，您看看他这篇文章，我看很有基础。"

老王就看何平的文章，看完后没有表态，又看下去。他注意到另一篇文章，题目是《当下反腐败的绿色运作》，看完后才说话。

"老刘，这个王东也是政研室的吧？我想要这个王东。"

刘主任愣了一下，心里暗暗叫苦。他疏忽了王东的文章也登在同一期，论文的基本观点是，当下的腐败有点像环境污染，是因为环境开发时缺乏完整的制度设计，只要GDP，不顾绿水青山，导致环境污染成为严重的社会问题。当下腐败本质上也可说是一种政治污染，也要追问顶层设计问题。现在我们反腐败的路径主要是治标，不仅被动，而且成本很高。党和政府成立了各种廉政监察机构，非常庞大臃肿不说，效率也不尽如人意。例如双规一个人，得有十几个人的队伍值班看着。办案调动的人力和物力就更不用说了。有时破获一个腐败案，经费开支远远高于追缴的赃款，算经济账是得不偿失，算政治账是加大了腐败效应。王东认为，腐败的效应要是严格核算起来，应该是腐败带来的损失再加上反腐败的投入。在文章结尾，王东提出了绿色反腐败的主张，原则就是多、快、好、省，至于怎么多、快、好、省，王东说他将继续思考。

这篇文章刘主任也看过，印象并不好。他首先觉得"绿色反腐"的概念就有些标新立异，故弄玄虚。其次没有具体提出绿色反腐的措施，是空而论道。再联想王东平素的表现，就更不敢恭维了。

老王看出了刘主任的心思，微微一笑："这文章有点空，但是问题还是看出来了。文字也有激情。我看王东也是我们政研室的。"

"王书记，您对小王了解么？"

"怎么，他不适合？"

刘主任谨慎地笑了笑："硬件方面倒适合。就是软件方面还欠火候。"

"说说看？"

"这小伙子是 90 后，想问题有点另类。"

老王笑了："长江后浪推前浪，我们总要退出历史舞台的。世界是他们的。这是毛泽东同志说的。小平同志也说，下一代比我们有智慧。"

"王书记，我明白，您想到了事业后继有人的问题。不过我还是认为，王东在政研室比较合适，当秘书，不太适宜。这小伙子主意有点大。有点不知天高地厚，弄不好会捅娄子的。"

老王没想到刘主任这么坚持，就退了一步。

"那你说说何平的优点。"

"这小伙子最大的优点就是听话。"

老王看了何平的文章，四平八稳，缺乏激情——他不喜欢这种文风。便委婉地一笑："他不也是 90 后么？"

"王书记，此 90 后非彼 90 后呀。这小伙子对上级的意图吃得透。嘴巴也严实，做事非常稳重，再说，"刘主任有几分神秘，"谢副省长就是他姨父。"

老王一听到此立即开口："你还是给我安排王东吧。"

刘主任一看老王变脸了，露出苦笑，但还是心有不甘。

"波子，你能不能再考虑一下？我是为你好。"

老王一听刘主任叫他波子，微微一愣。两人的目光相对了。当年，他们是大学同班同学，都是 77 级，还是同一个知青场考上来的。

"老刘，这是办公室，同学的交情以后叙，我们还是公事公办吧。"

刘主任露出了失望的神色，站起身来。

"王书记，您放心，我马上安排。"

刘主任离去了，老王陷入沉思。

其实，他之所以挑选王东，主要还不是因为看了王东的文章，而是受到小惠的影响。老王很欣赏小惠，几次说，你要不是我的外甥女，我要调你当我秘书。小惠却笑道："姨父，您太小看我了。我起码也得是副书记乌纱才请得动吧？"

小惠是姨妈带大的，从小学一直带到高中毕业。姨妈当知青时是战天斗地的铁姑娘，身体受到了伤害，丧失了生育能力，结婚十年后才确诊知道，就把小惠带到身边，此时小惠也已经读小学，就没有改名分，可是她视姨父姨妈如同父母，亲密无间，说话也没有忌讳。不过老王欣赏小惠，主要还不是因为这种亲情，而是因为小惠经常在和老王抬杠中，给老王很多启发。

比如说，小惠从司法局辞职下海当律师，老王就不同意，说："你在体制内当公务员干得顺风顺水，干吗要去当律师？再说你以后的对手都是自己原来的同事，从个人说会很尴尬，从维护体制说，你这叫拆台。"小惠就说，我当律师其实是身在曹营心在汉，属于编外公务员，也是在为国家的体制建设做贡献，使我们国家的法制体系更健全，更公正，更和国际接轨，也更加有效地维护人民权益。

"姨父，您承不承认，有了律师，权力的任性，权力的不作为，权力的官僚主义会受到明显遏制，权力的公正性会大幅度提高，权力就在相当程度受到监督，相当程度上被关在笼子里——我们是殊途同归。亏您还是纪委书记，连这个道理都不明白！"

老王被小惠呛得满脸通红："我怎么不明白？我的意思是，你一个姑娘家，应该选择一个安静点的工作，像你姨那样当个老师，或者像你现在那样在办公室写材料。你又喜欢文学，书斋生活多好。我当年最向往的就是这种生活。"

"那您为什么成了'铁包公'？"

老王苦笑："我们77级，和你们现在不一样。第一是包分配，第二是我们都有一个信念，我是党的一块砖，随党怎么搬！"

小惠并没有听姨父的意见，毅然下了海。没几年就成了小有名气的律师。小惠姨就对丈夫说："幸亏没听你的，不然小惠哪有现在的出息？你知道她年薪有多少？"老王就沉下脸道："你怎么一说就是钱？你没看小惠办的那几个案子，多漂亮！尤其是江洲黑心救援的那个私访案子，堪称经典。我当时就知道这丫头要是真干律师，肯定有出息！"

"那你当时怎么不同意？"

"我是心疼她，怕她有风险！别的不说，你没见她现在都没结婚吗？"

小惠姨就不吭声了。

说到这里就解释一下了，要是看过上一章《谁之罪》的读者就会问了，小惠在江洲的那次调查，不是和姚远又重归于好了吗？怎么还没有结婚？对此笔者的回答是，天有不测风云，所以小惠还是没结婚。其中缘故，我们下一章再表，还是往下说这一章的故事。

之后姨妈就开始不厌其烦地为小惠张罗对象，老王有时也掺和意见，终于把小惠搞烦了。

"你们要是再没完没了，我就要告你们性骚扰！"

小惠姨瞪大了眼睛："你这丫头，怎么狗咬吕洞宾呀！再说，我是你姨，怎么就成了性骚扰？"

小惠微微一笑："那您就问问姨父，我能不能把您告倒！"

老王就坐下来，看着小惠："小惠，你也别吓唬你姨了，你要真不乐意，我们以后就不干扰了，不过我想和你认真谈谈。"

那次老王和小惠有了一次深度的思想交流。老王不仅更深地了解了小惠的心灵世界，自己也有收获。比如，小惠说，她其实并不想当个名律师，也不希望姨父成为"铁包公"。

"为什么？"老王问。

"律师名声就是靠办疑难案子而建立，疑难案子许多都是冤案，我越出名，只能说明社会冤案太多，我宁愿社会没有冤案我也默默无闻——失业更好。姨父，您这个'铁包公'的名声越大，同样说明社会的腐败越严重，您愿意社会付出这么高的代价来成全您'铁包公'的名分吗？所以庄子说，圣人不死，大盗不止。道理就在于此。"

老王听罢很受触动，便对小惠说："你说的对我很有启发。我原则上接受你的说法，我们应该朝你我都失业这个理想努力，但是努力还得脚踏实地。比如，当下腐败已经成灾，首先我们得救火吧？你有什么好想法没有？"

小惠明白，姨父要的好想法不是道，而是术，便有些尴尬了："姨父，您太高看我了。不过您实在要问我，我的体会就是要在提高反腐效率上下功夫。力争做到多、快、好、省。"

就是小惠说的"多、快、好、省"，又在王东的文章中出现了。老王看王东的文章时不觉心一动，便做出了选择，要王东当秘书。

老王离家去江城上任后，小惠姨就给小惠打了电话，眼圈红红地说了她和丈夫的断桥之别。

早上，老王出门，妻子赶出门塞给他一瓶救心丹，满脸埋怨："你想死，就死在家里，别死在外面做野鬼！"

老王笑了笑："英子，我死了还不好么，你再找个会疼你的老伴。"

妻子瞪大了眼："你再胡说，小心我抽你！"

老王忙赔笑："我错了，我狗嘴吐不出象牙，我检讨。"

妻子扑哧笑了："去，去，去！少给我贫嘴！"

"得令。为夫去也。"

说罢老王就要上车。

妻子却一把拽住了老王："你就这么泥鳅似的溜了？"

老王发现妻子眼神里的依恋，忙回头看，他身后站着送车的司机。

司机一看这场面，忙说，王书记，我去撒泡尿。说罢司机一溜烟闪开了。老王又看看周围，抱住了妻子，在她额头上吻了一下。

妻子就流泪了："波子，答应我，别再折腾了行不？"

"你都快 60 了。你看你这满头白发，都成我爹了，你也对得起党了。剩下的日子让给我行不行？我跟你 30 年夫妻，没过一天安稳日子，现在不仅你吃救心丹，我也吃救心丹。追我的时候你怎么说的？你说你是我的护花使者，你就是拿救心丹护着我吗？"

老王一听满脸惭愧："英子，都是我的错。对不起。"

"别说那些没用的。我就要你答应我，平安度过这一年半，留条老命回来，陪着我，安度晚年。我们去旅游。我知道你不喜欢热闹地方，我们就去人少的地方。去空气新鲜，人也干净的地方。你要想偷懒，去我们下乡的地方也行。我们租两亩地，当农民。我还可以去教书。教乡下的娃娃。你说话呀！"

老王心一软："英子，我答应你。"

有了这句话，老王才脱身。

小惠听了姨妈的述说，鼻子也有点酸。

"姨妈，我会给姨父打电话，要他悠着点！"

姨妈说："你可千万别说我给你打了电话呀！"

小惠答应了姨妈，放下手机开始走神，她想象姨父离开黑山的情景。

老王是一个人离开黑山的，只要司机送他去火车站。这是他坚持的安排，市里说要给他开欢送会，他拒绝了。

汽车往火车站开的时候，司机也说话了。

"王书记，我觉得阿姨挺疼你的，你也该为阿姨想想。"

老王一愣，看着司机："你没去撒尿？"

司机苦笑："王书记，那还用偷听么？是个人都能看出来。"

司机沉默了一阵又开口了。

"王书记，你要走了，我给你说说心里话，我给你开了三年车，除了正气，什么好处也没捞到，我说话你可别计较。"

"你说吧。直说！"

"老百姓并不蠢，也不尿，谁好谁坏心里一杆秤。我敢跟你说，到了忍无可忍的那一天，不管老百姓起来动谁，保证没人动你一根指头，还会保护你！"

司机说完眼泪就流下来了。

老王听了这话，直瞪瞪地看着司机，什么话也没说。

司机看老王沉默了，有点不安。

"王书记，不是我反动，你这样的共产党员，老百姓敬重。我是说……"

"不用说了，我明白。"

老王便一路沉默地来到江城。

是刘主任亲自开车在江城车站迎接的老王。刘主任说，对不起，郑书记去北京"跑部"去了。他说你打电话给他表示要低调，就叫我来接你。

"他知道我们俩是大学同学吗？"

刘主任说："反正我谁都没说。也不知道他知道不知道。"

去纪委的路上，刘主任又说："英子给我打电话了，要我好好伺候你。"

老王一听皱起了眉头："这个娘们，简直乱弹琴！别听她的！"

刘主任就开玩笑说："波子，你放心，一进办公室，我们就主仆关系。溜须拍马，是我的强项。我不会让你为难的。"

老王就笑了："这我相信。当年你在剧社，演太监是一绝。"

两人都笑了。

后来刘主任又说："波子，江城是我省的经济大市，你来好好享受一下改革开放的红利吧。"老王一听开始警觉："什么意思？你想要我当贪官？"刘主任就苦笑："你怎么当纪委书记当傻了，连幽默感都没有了？我的意思是说，这一年你好好过过太平日子，争取拿个副省级全身而退。"

老王听出了老同学的微言大义，还是那句话，别折腾了。

老王无奈地笑了："这能由我么？猫往哪里走，是由老鼠决定的。"

刘主任便大笑起来："幽默，幽默，还是那个波子！"

收住笑刘主任就说："波子，你一来，江城就是有老鼠也藏进了洞，你就好好当个睡猫吧。"

老王就不说话了，意味深长地看着刘主任。

到了纪委，几位班子主要成员迎上来，握手寒暄。还问要不要开个欢迎会。老王就说，不用开，办公会上见面就行了。

第二天就开了办公会，接着就是落实秘书。之后老王就坐下来看这几年的江城纪委的年度总结，这时小惠的电话就打过来了。开口就问他新官上任的感觉。老王马上就猜到准是妻子给小惠打电话了。

"你姨跟你说了什么？是不是要我消停一点？"

"姨父，您怎么成了曹操啦？这么多疑。我姨太可怜了，她是伴夫如伴虎呀。幸亏我没跟您当秘书，不然就是陈宫的命！"

老王习惯了小惠没大没小，也板着脸说："我要是曹操，你就是自作聪明的杨修！你有什么话就快说，我没时间和你叙家常。"

小惠就绕着弯子传达了她姨的心声，还是永恒主题——别折腾了，还上纲到中央精神的高度。老王听罢笑了。

"小惠，这是你的意思吗？这明明就是你姨的意思。什么别折腾？她这就叫夫人干政！再说，你以为我想折腾吗？我巴不得纪委关门没事干呢！这叫树欲静而风不止。好了，下面我给你汇报一下工作，我找了一个秘书，是个90后，你给我说说90后是什么特点，该怎么合作？"

小惠还是不饶人："姨父，您向我汇报工作叫不叫泄密？我要是提出我的意见，叫不叫外甥女干政？"

"去你的！我只是向你调查一下90后有什么特点。你别酸溜溜的，要是再卖关子我就放电话了。"

小惠一听立即娓娓道来，这电话打了一个小时。

虽然小惠为人很高傲，但也有崇拜的偶像——姨父就是。别看她在姨父面前没大没小，姨父真要用上她，她是会全力以赴的，其实她和姨父的许多价值理念和行动理念都不同，时常抬杠，但在人格上，她十分敬重姨父。说姨父是最后殉道者，是活在美学世界的人。有一次和姨父抬杠，她坦率地说了自己的观点，姨父不解地问，你说明白点，什么叫活在美学世界的人？小惠就列举了甲午海战兵败自杀的丁汝昌受到日军礼遇的事。

"日军很敬重这位自杀殉国的败军主将，让开了水道允许载着丁汝昌灵柩的舰船通过，还鸣炮致敬。这就叫活在美学世界的人。无关对错，无关敌我。"

老王立即就想起《骡子和金子》里的一句话，"真理之上还有美学"，还有一句话，"骡子就是活在美学王国的人"。他明白小惠并不把政治正确视为最高价值，也不以成败论英雄，这些分歧就叫代沟，他也不想争论，对小惠微笑道，那我们就从不同的道路上攀登美学高峰吧。

老王的这句话，也是意味深长，既表明他对小惠观点的接纳，也表明他对自己所行道路的坚守。

第三天，王东就站在老王面前。

王东单单瘦瘦，留着小平头，没戴眼镜，穿个夹克衫。老王看着就想起30年前的自己。坐下后，老王先给王东沏茶，王东也不惶恐，只是不好意思地说，王书记，我来吧。王东接过茶壶给王书记沏茶，也给自己沏茶，不卑不亢。老王浮想起30年前自己给老书记当秘书的情景——也是沏茶。

　　当年的老王也是穿着夹克去见老书记。也是老书记给他沏茶。

　　沏完茶老书记问："小伙子，说说，你对纪检有什么认识？"

　　老王就脱口而出："知道，就是'党卫军'！"

　　老书记开始一愣，后来哈哈笑了。

　　"你们这些77级的娃娃，真是无法无天！不过，要不是这个名字被希特勒糟蹋了，倒是没错，干纪检就是党的清洁工。"

　　老王也笑了："老书记，我一定好好干，当一个称职的清洁工！"

　　老王喝着茶，想起了当年这一幕，就问王东，说说吧，对干纪检，有什么认识？王东的眼睛就发亮了："王书记，我在政研室，最感兴趣的课题就是反腐败。纸上谈兵没意思，一直想实践。现在跟着您这位'铁包公'，是我的荣幸。我一定好好干，为民除害，建功立业，当一个称职的党纪宪兵！"

老王心一惊，这小子说的话，怎么和我当年一个腔调？

老王不动声色，从桌上拿起了王东发表的文章。

"我在看你的文章，你似乎还有很多话没说出来吧？"

王东佩服地看着老王：王书记，您果然是火眼金睛呀。老王就说，那好，你今天知无不言，也算是调研啦。王东想了想，就有些迟疑：王书记，我那篇论文是一年前写的，现在我的观点有一些改变。

"哦，有什么改变？"

"以前太书生气。现在我明白了，顶层设计太遥远。修好庙，鬼都老了。还不如跟着您这样的铁包公，见一个打一个，见一窝端一窝！"

老王笑了："你不说成本太高么？"

"成本高，那是因为不作为，那是因为假反腐。跟着您这样的铁包公，成本一点都不会高！说老实话，我就是冲着您，才来当秘书的！我也不是吃素的，跟着您，决不会含糊，保证高效！"

老王一听王东的口气很自信，甚至可以理解为老王用他当秘书是如虎添翼。要是一个成熟的秘书决不会这么口气大，领导也未必喜欢，可是老王偏偏喜欢这股冲劲。

"说说，你怎么高效反腐？"

王东感到了书记的鼓励，便口无遮拦地说起来。大意是三点。第一依靠群众。群众的眼睛是雪亮的，谁是贪官，群众有本账。第二看消费表现，比如表哥、房叔之类，十拿十稳。第三要顺藤摸瓜，穷追猛打，拔出萝卜带出泥，斩草除根，绝不心慈手软。

王东越说越兴奋："老百姓说，现在把当官的排着队挨个抓，可能有冤案，要是隔一个抓一个，肯定有漏网。还有人说，现在当官的不查都是孔繁森，一查都是王宝森。这些话有点夸张，但也不无启发。我们现在太谨慎，走的程序太复杂，还要一一调查落实，成本多高呀。不如大体看准了对象，每天叫一批来纪委交代问题。这帮贪官，不仅贪财，更加贪命，一过审，没有不招的，然后再要他们狗咬狗，肯定天天战果频传！"

老王开始认真听，听到这里皱起眉头："小王，你这么反腐败，成本倒是省了，但我们党也垮了。要按你说的处理，党员干部怎么还能正常安心工作呢？搞得人人自危惶惶不安，要不了几年，还不亡党亡国？"哪知王东却不知进退："怎么会垮？我们正好吐故纳新，还可以解决就业难题。党会更巩固，会更加赢得民心！按毛主席说的，我们一定会打破周期率，生生不息！"

老王有点意外地看着王东。他摸不准王东是认真的，还是带着调侃。他不禁想到自己在黑山时拿下的那位市长，该市长90后的儿子居然跑纪委来讲理，大言不惭地说："我老爸不腐败，就凭工资怎么能养家糊口，怎么能让我出国留学？这叫担当精神！"老王沉下脸：小子，你玩笑开过头了吧？可是那小子很认真地说，我没开玩笑，我真是这么想。后来老王看报纸，一个幼儿园的小女孩也说，自己长大了要当一个大贪官。老王这才意识到，现在是后现代了，价值观也多元化了，当贪官竟然成为一种人生憧憬。还有人说，贪腐是执政党的职业病，不必大惊小怪。这么一想，老王又觉得王东可能是认真的。区别只是王东不憧憬贪官，但却把反腐败看得轻而易举，甚至有些儿戏。刘主任的话又在耳畔响起，"这小伙子主意有点大，弄不好会捅娄子的"。

大概看到王书记走神了，王东也收住了话题，看着王书记。

"王书记，您是不是觉得我有点幼稚？"

老王一愣，没想到王东竟然看穿了自己的心思，更没想到王东会点破自己的心思。一时间，好像王东成了书记。这是以前的秘书所没有的。以前的秘书遇到这种情况，就会惶恐地问，王书记，是不是我错了？

老王认真起来："小王，你是怎么改变观点的？"

王东露出严肃神情："王书记，制度是人设计的。现在为什么腐败成灾？就是腐败群体掌握太多的权力，而且已经形成一个利益共同体，说是信仰共同体都不过分。不少腐败分子坦白说，他们就是看准了权力才走仕途的。你想想，他们会容忍毁灭自己的制度诞生吗？您没看见竟有专家学者提出要赦免贪官原罪的怪论？就是无奈腐败分子手握大权，被腐败分子吓破了胆，只能妥协，签《马关条约》。"

王东突然激动起来："王书记，我决不当李鸿章！这不仅是投降，还是出卖！出卖我们的信仰，出卖我们纪检人！要是妥协，我们的信仰，这么多年来的工作，全是讽刺。所以我改主意了。我要跟着你，先灭掉那些腐败者！"

老王心一动，看着激动的王东。30 年纪检生涯，老王反腐可谓殚精竭虑。数千人倒在老王脚下。可是腐败分子就像白居易写的原上草，野火烧不尽，春风吹又生，说是前后相继都不过分。老王初干纪检时，几千块钱就算是案子，可是如今，这个数根本就上不了台面。贪腐上亿都可以不掉脑袋。老王一直在思考，这是为什么？肯定是某些关键环节没把握住。后来中央也提出了要加强制度建设，于是，老王也想到了顶层设计的问题。他想在自己退休前，全力探讨一下顶层制度的设计。所以看了王东的论文格外关注。可是今天王东却改变了观点。而且王东的理由不无道理。的确，制度是人设计的，那些手握权力的腐败分子，已经形成了群体，形成了风气，形成了气候，他们会容忍毁灭自己的制度诞生吗？老王在黑山办的案子，就是一个窝案，班子全烂掉了，腐败的贪官甚至还动用权力谋杀举报人灭口。气焰极其嚣张。这么一想，又觉得王东并不那么幼稚。

老王便带着纠结的心情看着王东。他本想和王东好好谈一谈，但转念又想，他要谈的话题实在太大，不是上班时间能解决的。而且自己也在思考，未必能谈出个所以然来，想到此老王笑了笑。

"小王，你很有想法，抽时间，我们好好聊。不过我提醒你，考虑问题不要简单化。没有调查研究，没有铁证，就可能弄出错案，就可能出现误差，就会有损党的威信和形象。总之，光有正气是不行的，还要动脑子。我看这样吧。我们谈谈具体工作安排。我刚到任，还是调查研究先行。我的经验是第一把手必须高度重视。所以想请各市局的一把手分批到纪委座谈一下，先从窗口性的市局开始，一次人不要太多，大家都要有发言时间。从明天开始，估计三天左右可以了。你通知一下有关市局领导。"

王东一听眼睛就亮了："王书记，我明白了。"

王东转身离去，走到门口又回头，冒出一句话。

"王书记，跟着您干工作，真痛快！"

看着王东离去的背影，老王还在沉思。刚才和王东的交谈，的确对他触动很大。近年来，他一直在探寻反腐的根本之策，他意识到，腐败的泛滥，有着滋生的社会土壤，腐败分子只是社会土壤结出的果实。要根治腐败，只有先铲除腐败的社会土壤。这就走向了制度设计——这也是中央的精神。可是，制度又是权力者设计出来的，在腐败分子盘根错节握有很大权力的条件下，又如何能保证制度设计不受那些腐败分子的权力干扰呢？老王突然意识到，自己陷入一个鸡生蛋还是蛋生鸡的悖论中了。

于是，老书记的形象又在老王眼前浮现。

那是十几年前，70多岁的老书记离休，归隐田园。已经担任县纪委书记的老王亲自开车送老书记还乡。一路上，老书记看着车窗外的景色，突然念出了李煜的词："独自莫凭栏，无限江山，别时容易见时难。"老王一愣，扭头看老书记，竟然发现老书记眼圈红了。心一动，却不知该说什么。

他明白老书记的心思，前一晚他请老书记喝酒饯别，老书记算了一个账，比较了他在任期间处理的腐败案件，结论是，腐败的案件是越反越多，越反越大，纪检的队伍也是越来越庞大，任务越来越艰巨。老书记说，他上任时还以为，就像当年枪毙刘青山和张子善那样，毙两个贪官，腐败风就会平息下去，至少可以消停十来年。可没想到，如今毙到了副国级的成克杰，风头还没有平息迹象。

"海波，你是不是觉得我很失败？不称职？"

"老书记，您说到哪里去了？我就是您带出来的，跟您学了许多东西，可以说受用终身。"老王有些尴尬地回避着老书记。

老书记苦笑："海波，别安慰我了。我是无能，灭不掉那帮人。"

老书记突然激动起来："海波你说，我们党一把屎一泡尿的，怎么就养大那么一帮白眼狼呢？他们要贪要嫖有的是门道，为啥要入党呢？有人还恬不知耻地说，共产党员也是人，既然带领中国人走富裕之路，党员就要做先富起来的先锋队。你说，这是党员说的话吗？"

老王没吭声。他知道老书记说的那件事。那是处理一个县委书记时，那位县委书记为自己辩解的话。那位县委书记说，小平同志主张一部分人先富起来，共产党员不先富起来，怎么做表率？当时老书记就拍了桌子："混蛋！共产党员是特殊材料制成的人！要当共产党员，就只有吃苦在前的义务，没有先富起来的权利！要富也要最后富！你要想先富起来，就别入党！你说，你是怎么混进党内的？谁是你的介绍人，老子连他一块处理！"办完那个案子，老书记还给上级打了报告，提出党员和官员犯法，要罪加一等处罚的建议。自然没被采纳，还传出风言风语，说老书记太"左"，官员犯法，能与庶民同罪，已经是历史性的进步了，怎么能罪加一等呢？要这样，官员还不如庶民，那谁还愿意当官？老书记也不服气，那你干吗叫自己是人民公仆？公仆不就是比人民低一等么？不就是要好好伺候人民么？哪有当仆人的比主人还先富起来的道理？在老书记看来，入党当官就是一种自我牺牲，就是要先天下之忧而忧，连古人境界都不如，还有什么先进性？

老王跟随老书记多年，不仅深深地理解而且深深地敬佩老书记，但是他也明白，老书记追求的人格境界，只是一种理想。因此，他格外能感受到老书记心中的无奈和痛苦，其实老王也认同，没有献身精神的人，就不该入党。看着老书记痛心疾首的表情，老王心也乱了，立即把车停下来。

"老书记，我们下车抽支烟吧。"

老王搀扶着老书记下了车，给老书记点了一支烟，本来老王不抽烟，却给自己点了一支烟，陪老书记抽，从此老王也就慢慢学会了抽烟。

老王和老书记坐在路边的石礅上，看着无限江山，聊起来。

"老书记，别想那些负面的东西，多想想光明和成绩。那些腐败分子毕竟是少数，我们大多数党员还是正派的。"

老书记却露出苦笑："海波，你别宽我的心了。你要说在全国范围看，坏人毕竟是少数，我心安理得——这是社会的必然规律。可是对于一个立志全心全意为人民的执政党而言，说坏人只是少数，那就是大问题了。我们应该做到坏人几乎没有才对，至少也不能像现在这样大比例的少数。我们这些年反腐规模和力度这么大，但是腐败分子还拉帮结伙形成党内一大势力，这不可怕吗？"

老书记还不住口："这帮腐败分子和党有什么血海深仇，非要入党来干这些龌龊事，作践羞辱党？我们当年要推翻国民党不就是因为国民党腐败吗？现在我们怎么对历史交代呀！我一个纪检书记，能说都是少数白眼狼作的孽，大多数党员还是好的，所以心安理得吗？"

老书记的声音里带着哽咽，老王的心更乱了，看着这位方志敏的老部下，感受老书记忧心如焚，更感受老书记壮志未酬的悲凉心境，但是他实在拿不出什么词来安慰老书记，便道：

"老书记，中国的事急不得，您放心，还有我们呢，您就回家安度晚年吧。"

老书记眼泪下来了："我能安度晚年么？我现在黄土已经埋到脖子了。回老家，就是想埋在怀玉山，和方主席作个伴。现在我哪有脸见他呀！要是方主席问我，小王，老一辈打下的江山，你们守得怎么样？我怎么说呀！"

老王的眼圈也红了："老书记，对不起，是我们不争气，辜负了老一辈的期待。您放心，我一定能想出见血封喉的招来，把那帮白眼狼治住，让您老体体面面地去见方主席！"

十几年过去了，老书记业已作古，可是令老王羞愧不已的是，他至今也没有完成自己的承诺。想到这里，不知为何，小惠的形象又浮现眼前，耳边又响起小惠那次谈话说，姨父，您是最后的殉道者，我很敬重您。老王当时就沉下脸。

"你什么意思？对我们党没有信心？"

"姨父，您别误会，我是说，仅靠您这样的包青天救不了中国！"

老王脸色缓和了，看着小惠："靠我一个人当然救不了中国，不是还有你吗？"

小惠忙辩解："姨父，您还是没明白我的意思，我是说……"

"我明白你的意思。你是说小米加步枪不行，得大炮加面包！可是眼下我们只有小米加步枪，这仗还得打下去！"

王东带着兴奋回到自己的办公室。刚才和新来的王书记接触，他觉得王书记基本上吻合自己的想象，别人都说王书记苍老干瘦，不像铁包公，可是王东恰恰认为，王书记很有沧桑感，这是鞠躬尽瘁的象征。至于说王书记身手高强，会少林武功之类的坊间传闻，王东根本不屑一顾，他稍有意外的就是王书记说话很谨慎，还缺乏些许铁包公的豪气。

最让王东兴奋的是，王书记眼神里透着对自己的欣赏和信赖。这让他有种知遇之感。虽是 90 后，王东却有种古典主义的英雄情怀。他的同龄人男的想做高富帅，女的想做白富美，而他却想做捷尔任斯基。上大学的第一年，他就入了党。同学都惊讶，你十六岁就考上名校，属于神童级的学霸，还要捞党票干吗？王东微笑说，我入党就是要治贪官。

研究生毕业，王东报考公务员，如愿以偿进了党政机关。面试时，考官之一的刘主任问王东，你想在哪个岗位工作？王东说，我想去纪检部门。刘主任好奇地问，为什么？王东说："要是在战争年代，我就会去部队。可是现在我估计，在我能打仗的年岁内，捞不着仗打了。所以就想去纪检部门，治贪官。"刘主任一笑，你想治坏人，可以去公安局，有的是。王东也一笑："收拾那些地痞流氓没意思，我就想和有权有势的贪官过招，与贪官斗，其乐无穷！"刘主任意味深长地又问："你斗得过贪官吗？"王东自信满满地说："只要大公无私，哪有斗不过的？"

就是这句"大公无私"，差点把王东撸出去。讨论录用时有人说，这个 90 后怎么不太像 90 后呀？刘主任就问，怎么不像？对方就说，90 后只有自我，哪有什么天下？我看这个王东有点太偏激。便有人附和，是呀，什么时代了，还讲大公无私？如今讲的是公私双赢。大公无私，那还叫人吗？让他去月球当吴刚吧。刘主任就打圆场，这小子是不太接地气。可是他笔试第一名，要撸掉也不好交代。再说，我们党还在提全心全意为人民服务，公仆的说法也在说。王东也没犯多大的忌，就是脑子有点不开窍而已。我看干脆把他分到政研室，让他去胡思乱想吧。

王东就这么被分到政研室。哪知他竟然提出异议，找到刘主任问，我想去纪检部门，组织上为什么不同意？刘主任沉下脸：就凭你这么问，组织上就不同意。王东就和刘主任拧起来：是不是那些贪官怕了？刘主任也火了：王东，你别自以为是，你再较劲我明天就把你除名！刘主任说罢扭头就走，他以为这句话肯定能把王东镇住。可是王东却喊住了刘主任。

"刘主任，你要把我除名我就去北京上访。"

刘主任这下傻了。没想到王东敢拿上访要挟自己，还要去北京。他把王东上下打量了足有五分钟，才回话。

"王东，你要想干大事就好好待在政研室。毛泽东当年就是靠《湖南农民运动考察报告》起家的。"

王东不吭声了。在政研室一待就是三年。直到半个月前，得知王书记要来江城，他又心动了，找到组织部的徐科长，想调到纪委去。徐科长说："你在政研室好好的，就要上正科了，到纪委没有岗位，别犯傻。"王东说："我不在乎。就想跟着王书记大干一番。"徐科长沉下脸："你胡说什么？唯恐天下不乱呀。王书记快59了，来江城是收官的。你好好在政研室待着吧。"

王东一想也对，便叹息自己生不逢时。哪知道前天徐科长带着刘主任来到政研室，说要调王东去给王书记当秘书，还带着正科级别。王东半天没回过神来。

刘主任就开口了，王东，你要考虑一下也可以。王东连忙说：不考虑，我同意。刘主任，谢谢你，谢谢组织！刘主任意味深长地看着王东，别谢我。你小子祖坟冒青烟了。是王书记看上你了。你可一定要好好干。王东激动地说，行，行！刘主任又说：不过我警告你，王书记快59了，你可别给他捅娄子，让他晚节不保。王东这才进入正常思维，回答说，刘主任，你放心，我不会让王书记冲锋陷阵。蹚雷的事，我都扛着。刘主任笑了笑：那就好，不过最好是谁都不蹚雷。王东听出了微言大义，刘主任是要他犬儒一点。但这是王东难以接受的，他跟着王书记，就是要扫除一切害人虫。他相信，这也是王书记的抱负。刚才和王书记交谈，虽然王书记没有明示，可是他问的话题，都是想要干事的话题。

于是，王东就带着这样的理解开始工作，他没着急打电话。他想，第一次干秘书工作，就要干得漂亮一点，最好能给王书记一点意外的惊喜。他沉思了半个小时，才拨打电话。首先打给公安局的马局长。

"我是纪委王书记的秘书，我叫王东。请你们马局长来听电话。"

马局长一接王东的电话就笑了："是小王呀，你小子不是在政研室么？怎么跟上王书记啦？真是一笔难写两个王字呀！王秘，苟富贵，勿相忘呀！"

马局长口气酸溜溜的，王东一听就有些不快："马局长，你消息很灵通呀，我今天刚上班，你什么都知道了。"

马局长更得意地笑出声来："我是干什么的，你不知道吗？好啦，有什么指示，尽管说，我照办就是了。"

"王书记要我通知你明天上午9点钟来开会。"

"开会？我是一把手，管全面工作，纪检有专职的书记。"

"这是王书记的意思，要不我请王书记亲自通知你？"

马局长感觉到王东的话里有骨头，口气软了。

"王秘，你误会了，我的意思是纪委书记要不要参加？"

"就你一个人。"

"就我一个人？王秘，什么内容？"

"我也不知道。反正你做的工作，你清楚，实事求是就行了。"

王东放下了电话。马局长却傻了，还拿着电话筒发呆。

呆了十分钟，马局长便拨打纪委周调研员的电话。他电话里只说了一句话，老周，我有急事，你马上赶过来。

半个小时后，老周过来了。马局长把办公室的门一关，就讲了刚才王东的通知。老周有点迟疑：他说话这么不客气？马局长说，是呀，这小子刚当上秘书，就敢对我这么说话。我觉得很不对劲。老周不以为然地笑了笑：老马，你神经过敏了吧？马局长冷笑：我是吃什么饭的，难道听不出弦外之音？再说，你没看见王书记上任连家属都没带？你不知道王书记今年快 59 了？我看这个铁包公是想在退休前再火一把，血洗江城！老周就有些紧张：这话你可别乱说！马局长依然口无遮拦地冷笑，老周，你难道不知道黑山最先倒下的就是公安局局长吗？

老周沉默了，马局长就有些急：你说话呀。老周叹了一口气：老马，不是我说你，你这人太张扬。把江城当你的山寨啦。我早就跟你说过，小心枪打出头鸟。马局长苦笑：老周，别说没用的。我就问你，听到什么风没有？老周又沉默了。马局长就火了：老周，我从来不吃独食。你是知道的。老周就慌了：老马，你胡说什么？什么独食不独食，我可是清白的。除了吃点白食，从来不往口袋里揣。马局长就冷笑：你别装圣人，你小舅子开赌场的事，是谁给你摆平的？老周一听脸都白了：老马，我就是要你按规矩办，别的什么都没说。马局长连声冷笑：你还用说吗？这是潜规则！接着马局长就吐了粗口：妈的，平常老子给你们当保镖，从来不含糊，现在要你们透点风，就成了缩头乌龟，老子倒了，对你们有什么好？哼，你以为老子就你这一条路呀。老周就冒汗了，苦着脸看了马局长一眼：老马，我在纪委就是个调研员，聋子耳朵配像的。我真的什么都不知道。你好自为之吧。

说罢，老周慌乱地推开门走了。

老周刚走出公安局，又接到卫生局童局长的电话。也是那句话，有急事，到我办公室来一趟。老周立即猜到了七八成。

"是不是王书记要你去开会？"

"你怎么知道？"

"我什么都不知道。我在开会。"

老周立即掐断了手机。这时交通局林局长的电话就打进来了。

林局长问："老周，你在哪儿？"

老周说："我在开会。你有事吗？"

林局长传来笑声："别骗我，我听到汽车的喇叭响。你在大街上。"

老周就有些尴尬："会议室禁烟，我下楼抽支烟。"

林局长又传来冷笑："老周，我就在你办公室楼下打电话。你在哪儿？"

老周语塞了："我，我手机没电了。"

老周狼狈地关掉了手机。

王东打完电话，神清气爽。打电话的时候，他故意闪烁其词，果然感到了电话那头的不安和惊恐。尤其是教育局的孙局长，声音都有些抖。只有林局长口气还算坦然。但是林局长却绕山绕水地和自己套近乎，王东也感觉到别有用心。总之，一切都在印证王东的猜测。于是，他感到了一种猫捉老鼠的愉悦。更坚定了自己的信念，一切腐败者都是纸老虎，只要自己没有私心杂念，手持正义之剑，就必然能砍瓜切菜一般，将他们绳之以法，钉在历史的耻辱柱上！

王东越想越兴奋，打开桌上的笔记本，写下了一行字：既然当了猫，就要捉老鼠。从今天起，我要跟着王书记，和腐败分子血战到底！我就不相信，苍天无眼，正不压邪！

这时老王推门进来了，打量着王东。

"人都通知了吗？"

"通知了。"

王东就一一说出明天来开会的几位局长姓名以及到会的时间。

老王却愣住了："怎么回事？就四位局长？还排着队来？"

面对王书记诧异的脸色，王东露出了几分得意，解释说，我估计一天工夫，只能安排四个人交代问题。

老王一听沉下脸来："你简直是乱弹琴！"

王东也愣了："王书记，这不是您的意思吗？您说要分批来，前后三天。"

老王心里暗暗叫苦，他说分批来，是指不开大会，开三天小会，大家座谈一下，一是从各市局一把手的口中了解全面情况，二是敦促一把手提高对纪检的认识，不排除他要讲一些敲打人的重话，所以没叫纪委书记一起来，是给一把手留面子。可是王东这么一安排，味道就变了。老王越想越恼火，本想拍桌子，要是在黑山，他早就拍了。现在是在刚上任的江城，又是对着刚上任的秘书，他就压下了火，慢慢坐下来，口气也缓和下来。

"王东，你说说，我是什么意思？"

王东就说了。大意是，王书记您上午和我谈了话，对我很有启发。您说反腐光有正气不行，还要动脑子。要保证命中率。于是我认真做了功课，特意挑选了几个肯定屁股上有屎的局级领导，进行这次谈话。我敢保证，他们肯定有问题。

老王这时才意识到，他忽略了刘主任的提醒。他的工作经历中，也从来没碰到过这么主意大的秘书，不禁有些惊讶地打量眼前这个90后的年轻人。

王东竟然还不拐弯："王书记，您试试看吧，要是我的想法没错，就能大大地提高反腐效率。说不定能走出一条多、快、好、省的反腐之路。早点把党内的蛀虫灭掉，然后我们就进行顶层设计！"

"你怎么知道他们屁股上肯定有屎？你调研啦？"

王东露出苦笑："王书记，这还用调研么？江城的老百姓个个都说这几个人是贪官。其实也根本不用老百姓说，你看他们穿的是什么行头，戴的是什么表，抽的是什么烟，开的是什么车，进的是什么酒楼会所，玩的是什么活动，结交的是什么老板，家属去的是什么国家，心里就有底啦。"

接着王东便如数家珍，一一介绍起来。

老王沉着脸，静静地听着。王东说的这些现象，他不是不知道。确实不需要周密调查。但反腐的难度也恰恰就在这里，这说明腐败已经成了气候，构成官场的一道风景线。老王心里一阵悲凉，呆呆地看着王东，突然觉得王东就像童话《皇帝的新装》里的那个口无遮拦的孩子。

老王慢慢站起来，发现了桌上摊开的笔记本，看到了王东写下的那段话，心头一热，感到了一个年轻人的赤子之心，同时也感到一阵羞愧。就凭着越反越腐的局面，作为纪委书记，就无颜面对王东的这份崇敬。不知为何，老王耳畔又响起了小惠的声音：姨父，您是最后的殉道者，我敬重您！

老王沉思着。他发现，自己和王东小惠这样的后辈青年，确实有代沟，但是对人间正道的坚守还是有共鸣。这就是希望所在。问题是怎么样让他们尽快地成熟起来。想到这里，他意味深长地看着王东。

"王东，你太抬举我了。其实，中国的未来是在你们手上。"说罢老王转移了话题，"这四个人知道要来谈什么吗？"

"不知道。我哪会那么蠢？"

老王没再说话，转身离去了。

王东急了："王书记，您有什么指示？"

老王说："就按你说的办吧。"

老王走出王东的办公室，直接去了市委办找到刘主任。

"老刘，有些事，想和你聊聊。"

刘主任立即拿出了笔："王书记，有什么指示？"

老王坐下来："我们都别装了，还是老同学，都叫名字，行不行？"

刘主任神秘地一笑："这是办公室，我们还是公事公办好。"

老王苦笑："自清，你别得理不饶人。难道还要我道歉？"

两人便相视一笑，气氛就轻松起来。刘主任从抽屉里拿出了烟缸，又拿出了一包白皮包装的香烟，扔在桌上，对老王说，来，抽抽腐败烟！

老王抽出一支烟，凑到鼻子上闻了闻："这是特供？"

"别问了，你只管抽，既不罚款，又不问责，出了事我兜着！你只要给我一条出路就行！"

老王点火抽烟："得了吧，别给我打预防针。你小子能腐败到哪一步我心里明白，顶多就是留党察看。那还是我老王六亲不认，把你往死里整。"

两人都笑开了。于是都抽烟。抽了几口烟，刘主任看老王还不开口，忍不住了："波子，别憋着了。是不是王东给你捅娄子了？"

老王一愣："你怎么知道？"

"马奎给我打电话了。我一猜就知道是王东拿鸡毛当令箭。"

"你就这么对马奎说的？"

"我傻呀。我只答应给他探探风。"

老王瞪着刘主任："这么说，你和马奎交情不错？"

刘主任立即警觉："你什么意思？我坐这个位置，没别的本事，就是左右逢源，和谁的关系都不错。不过我心里有杆秤。"

"那你说，马奎这个人怎么样？"

刘主任一惊："波子，你还想折腾？"

老王没回答，看着刘主任。

刘主任急了："波子，你补不了天！过几天消停日子吧！"

老王叹了一口气："老汉我满58吃59的饭了。秋后的蚂蚱蹦跶不了几下了。我来江城前，也答应了英子，不折腾了。可我就是这个臭德行，看着我们党一泡屎一泡尿养大了一群白眼狼，披着党旗吸老百姓的血，把国家当窑姐一样糟蹋，实在咽不下这口气，我耻于和这帮人为伍！你明白吗？"

老王说话动了情，刘主任也感到心一软。看着老王一头斑白，满脸皱纹，就像七十多岁的老头，眼前就浮现出在大学和老王一起宣誓入党的情景。老王念完誓词还说了一句：为了信仰，我可以下地狱。30年过去了，老王一直在践行自己的诺言，尽管在刘主任看来，他们这一代人最大的悲哀就是为信仰而献祭。但面对老王，他不会流露这种心曲，不是因为圆滑世故，而是敬重老同学的风骨。刘主任也是20世纪50年代生人，这个年纪的人，对风骨多少有些敬畏。

刘主任默默抽了几口烟，也长长地叹了一口气："波子，你把话说到这份上，我也说说私房话。就和你说说马奎吧。有一次喝酒，他醉了，对我说，我知道有些人看我不顺眼，说我混进了党内。其实说这话的人都是一帮大傻×。他们不明白，不是我混进了党内，而是他们混进了党内！是他们死皮赖脸地赖在党内，还想挽救党。哼，他们羞于和我马奎为伍，我还羞于和他们为伍呢！"刘主任说到此露出苦笑，"波子，你听明白了吗？你反腐三十年，难道还没悟出来，为什么腐败成灾？是我们把权力放出了笼子，是我们把金钱捧上了神坛。无拘束的权力碰上了金钱，就像发情的公狗遇上了发情的母狗，两只骚狗连上了裆，棒子都打不开！这就叫报应，也叫天意。所以，我只求独善其身，不像你那么忧心如焚，想去补天。听老同学一句劝，收手吧，你补不了天。"

老王凝重地看着刘主任，露出苍凉的一笑。

"自清，你说的这些道理，我不是没想过。可是我发过誓，这誓言是从心里发出来的！这就叫初心，你明白吗？"老王神情显出激动："说句犯忌的话，我不是对信仰负责，而是对自己的誓言负责，对自己的初心负责。否则，我这辈子就白活了，也对不起老书记，我不想问心有愧！"

刘主任一愣，他没想到老王会说出这番话。这话里包含着坚定也包含着绝望。刘主任感到了震撼，也油然而生同情。

"波子，你已经履行了誓言，你问心无愧。下面的日子，为自己活吧。你看你都老成啥样啦？我俩在一起，说你是我爹都有人信。"

老王没吭声，眼前又浮现出老书记。

那是老书记临终前，老王伫立在床前。老书记的房间可谓家徒四壁，除了书架里的财富，没有一点值钱的东西。谁都想不到，这是一位 14 岁参加红军，给方志敏当过通讯员，现为省部级老党员的归宿。

老书记眼里含着泪花，伸出麻秆似的手，颤抖地拉住老王。

"海波，我赖上你了。你给我发个誓，哪怕这阵地上打剩下你一个人，你也要给我打下去。否则老汉我不闭眼！"

老王眼泪哗哗流下来："老书记，您放心，我一定血战到最后。到我死的时候，一定对我的秘书也这么说，把您这句话传下去！"

想到此，老王的眼圈红了。

"波子，你怎么啦？我没别的意思，真是为你好。"

老王醒过神，笑了笑。

"自清，不说没用的。我现在遇到了一个年轻人，我想把他调教出来。"

刘主任一愣："你是说王东？"

老王严肃地看着刘主任："自清，我原来以为，反腐通过反贪风暴可以解决，现在我明白了，对于我们执政党而言，反腐永远在路上。所以，我们要后继有人，我就想把王东调教出来。你帮帮我，行不？"

第二天上午 9 点，这是马局长来开会的时间。但是过了十分钟，马局长还是人影不见。王东急了，连忙打电话去问，

公安局办公室人员回话说，没见马局来上班。王东就要了马局长的手机。手机关机了。王东又去电话问，你们局长有特别手机吗？对方又给了一个手机号，还是关机。王东有些慌了。就来向老王汇报情况。老王在翻阅一本《马克思恩格斯选集》，喝着茶，一副从容淡定的模样。

"王书记，怎么办呀？"

老王笑了笑："怎么办？接着等。"

王东迟疑了一下离去了，老王却给小惠拨打电话。

寒暄了几句，老王就进入了正题："小惠，你说反腐光靠包青天不行，那关键靠什么？"小惠就在电话那头说："关键要靠全面的政治体制改革。"

"那你说，这全面的政治体制改革怎么改？要多久才能完成？"

小惠就滔滔不绝地说起来，但是没说完，小惠不再往下说了。

"姨父，您是不是又给我下套？"

老王笑眯眯："我下什么套了？"

"您在敲打我，不要纸上谈兵！"

老王咯咯地笑出了声："小惠呀，你真聪明！好了，我给你念一段马克思的话吧。我的套都在这段话里。"

于是老王就念起来："什么东西你们认为是公道和公平的，这与问题毫无关系。问题在于在一定的生产制度下什么东西是必要的和不可避免的。"

老王读罢才放下了电话，王东就面带焦虑走进了办公室。

"王书记，一个小时了，还是没有动静。"

老王问："下一个是谁？"

"童局长。"

"那好，就给童局长打电话。问他能不能提前到。"

王东就去给童局长打电话。接电话的是卫生局办公室的何主任。

王东说明了情况，就等对方回话，哪知电话那头没有声音。

王东急了："你怎么不说话？你要不相信，我叫王书记亲自来通知你。"

何主任才开口："王秘，老童出事啦。正在医院抢救。"

王东一愣："出什么事啦？"

何主任又是沉默。

王东一惊："是不是自杀了？你说话呀！"

何主任吞吞吐吐告诉王东，童局长在过性生活的时候，引发了高血压。

"性生活？他和谁性生活？他太太不是跟女儿去了美国吗？难道他嫖娼？"

何主任只好说了实话，童局长一直和市医院的金院长有婚外情。这次就是和金院长在办公室做爱出的事。事情发生在昨天半夜。

"这么嚣张？金院长的老公就甘心戴绿帽子？"

"金院长的老公三年前去世了。"

王东脱口而出："这个时候，老童还有心思风花雪月？"

精明的何主任听出了弦外之音，顺着杆子就爬上来。

"王秘，我听金美华说，老童昨天接到你的电话，说王书记要找他谈话，情绪波动很大，所以就拿金美华发泄。还吃了两片伟哥干，才出事的。"

王东沉不住气了："这么说，他还是被王书记害的啦？"

何主任连忙解释："王秘，你误会了，误会了。我只是实事求是地反映情况。"

王东恼火地放下电话，对王书记作了汇报。

老王抿了一口茶，看着王东，就像狄仁杰看着元芳。

"王东，这事你怎么看？"

"至少是道德败坏！"王东一脸的愤然，"还在办公室干。传出去，大丑闻！我觉得要从金美华突破，那个大奶子娘们，快50了，还风流成这样，肯定也不是什么好东西！"

"好吧，你再打电话去卫生局，问问金美华的情况。就在我这打。"

王东拿起电话又往卫生局打。一打王东傻眼了。

原来金美华的小叔子带着一帮人冲进了卫生局讨说法，说金美华和童局长合谋害死了他哥哥，说卫生局是藏污纳垢的王八窝，说童局长不仅是淫棍，还是大贪官。那个小叔子长得像武松，是学体育出身，在省武术队待过，带来的人都是他徒弟。金美华躲在卫生局的女厕所不敢出来，卫生局外围观群众达数百人，还有人砸玻璃，喊口号。整个卫生局都瘫痪了。现正在调集警力来维持秩序。

事情严重了。老王一把接过电话说："何主任，我是王海波。你们局还有哪个副局在？叫他来听电话！"

几分钟后，电话那头有了声音："王书记，我是陈冲。"

老王开口了："陈局，你听着，维持秩序可以，一定不能和群众冲突。你代表局里表态，一定调查落实，给群众一个说法，决不护短。尽快把这事平下去。另外，郑书记去北京了，你马上给李市长汇报，还要保护好金美华。有什么情况就打这个电话！"

老王放下电话，看着王东。

王东脑门都冒汗了。两个电话相隔不到一个小时，就出现了社会骚动。这是王东没想到的。这都是自己惹的祸呀。

老王幸灾乐祸地看着王东："王东，你看看，是丢谁的脸？"

王东想说什么，办公室的门被推开了。公安局的刑侦队长吴猛进来了，一脸严肃，王书记，有个案子我要向您汇报。

王东一惊，以为是卫生局的事闹大了。哪知道吴队长坐下来说的不是卫生局的事，而是说教育局的孙局长。

吴队长拿出一份遗书："王书记，老孙畏罪服毒自杀。这是他的遗书。"

老王接过遗书认真看起来。大意是，自己辜负了党的培养，玷污了教育工作者的光荣称号。只能以死谢罪。只求领导不要对外公布他的罪行，也不要把内情告知他的家属。对外就说他是抑郁症自杀。接着就写了自己的受贿事实，共有八次受贿，合计人民币498万元。其中有一笔100万元涉及教育局新楼一期工程。赃款已经退给行贿的大华建筑公司老板包德福。还有七张银行卡没退掉。全部随遗书上交组织。吴队长拿出七张银行卡放在桌上。

"我核对了数额，多出了7569元，应该是利息。"

真是一波未平，一波又起。王东呆若木鸡。

王书记却不惊慌，在屋里踱着步。

"你怎么得到这份遗书的？"

"同城快递寄来的。他太太说，老孙从昨天起就很反常，神不守舍的样子。在屋里翻箱倒柜，不知道找什么。问他也不说，拿着什么东西就出门了，一直到晚上12点才回来。我估计是他退赃没退掉，就走了这条路。老孙是老师出身，很要面子。他太太也是老师，还是特级教师。遗书的事，我谁也没说。"

老王打开窗户，沉思地看着窗外。

"老孙的身体怎么样？有没有神经官能症之类的毛病？"

"有。他有神经衰弱。说是抑郁症能说得过去。"

"好吧，这事先保密。怎么处理以后再说。"

吴队长敬礼想离去，又被老王叫住。

"你们马局长今天在干吗？"

"我不知道。我一大早就去处理老孙的事了，回到局里就接到快递，直接就赶过来了。"

"好，你去吧。"

吴队长走后，老王靠在沙发上，看着天花板发呆。

王东小心翼翼地看着王书记。

这时电话又响了，是卫生局陈局长打过来的："王书记，我都按您说的说了，他们不闹了。可是还不肯走，说要你出来表个态。"

老王慢慢起身，看着王东。

"王东，跟我走一趟吧。"

王东跟着老王去了卫生局。

只见大门外围着一排巡警。巡警们面对着上千群众。大家都默默无言。一个四十来岁的络腮胡男人站在群众队伍最前面，身材如铁塔一般，他身后跟着五六个年轻人，也是五大三粗，虎头虎脑。陈局长和何主任垂头丧气地站在络腮胡男人面前，解释着什么。

老王下了车，从容地走到陈局长旁边，陈局长忙介绍：

"王书记，这就是金院长的小叔子……"

"你放屁！我不是什么金美华的小叔子，我叫常大山！"

老王就对常大山伸出手："大山，我叫王海波。有什么话对我说吧。"

常大山被老王握住了手，惊讶地打量着老王。

"你就是那个专治贪官的王青天？"

显然，老王的名声在外，要不是这个名声，风波绝不会平息得那么快。老王笑了笑，拍拍常大山的肩膀。

"我不是什么青天，就是一个不贪的共产党员。你哥的事我大致听说了。给我点时间行不？我保证一个月内给你一个公正交代。我可以立字据。"

常大山瞪大眼："一个月？王书记，那个童子齐上面有人，你玩得转吗？"

老王笑了笑："大山，你敢玩命，我就不敢玩命吗？"

常大山一听，眼圈一红，扑通就要跪下。

老王手一托，就把铁塔般的汉子托起来了。

"大山，男儿膝下有黄金，站着说话。论理我是你们的仆人，该我下跪才是。你别颠倒乾坤，给老百姓丢脸。"

常大山的眼泪就哗哗流下来。

围观的老百姓都掉下了眼泪。

王东的眼泪也下来了。

老王面对老百姓，说了一番话：

"各位父老乡亲，我王海波不会说套话，也不会说大话，当然也更不会说假话。我只能说说我这个纪委书记能办到的话。刚才我对大山说的话，就是我能办到的话。你们可以帮着记下来。你们想必也听说了我的名声，我能当纪委书记，说明什么？说明我们党是真反腐！那些贪官是混进党内的败类，不清除他们不仅祸害你们，我们党也得亡，所以我们党绝不会姑息贪官！大家一定要对我们有信心！但是也请大家给我们一点时间。我刚才对大山表态，请他给我一个月时间，这就算一个仆人给主人立下的军令状！到时候，一定给他一个公正交代，拿证据说话，不冤枉好人，也决不放走坏人！要是到时候做不到，我王海波就跪在这里，向人民请罪！"

现场响起了一片掌声，连巡警们也鼓起了掌。王东偷眼看去，陈局长和何主任虽然也鼓掌，却是心慌意乱。

"好了，现在这里也不是说话的时候和地方。有话大家都通过正常渠道去纪委信访办说。我会给信访办打招呼，谁不作为就回家！这也是我能做到的。大家要是相信我，就散了，也希望大家不要议论传播，被别有用心的人利用，也会干扰我们的工作。行不行？"

"行！"现场群众一片雷鸣般的呼应，接着又是掌声。

"我谢谢大家了！"

老王抱拳向群众作揖，呼的一下，上千人都散开了。老王又对巡警头说，你们也回去吧。巡警头向老王敬了一个礼，一下子，所有的警察都举手向老王敬礼，大家都离去了。

卫生局门口又恢复了常态。

常大山走近老王："王书记，实在对不起，我为难你啦。"

老王拍拍大山："大山，你有材料吗？"

大山红了脸："我，我没写。"

"那你写一份，交给我秘书，他叫王东。"

王东连忙掏出名片递给大山："来时给我电话，我等你。"

大山也走了。陈局长和何主任围过来。

"王书记，您真神了，几句话，烟消云散。我们还怕暴乱呢！"

老王笑了笑："怕暴乱就好好为老百姓服务，不要全心全意，只要半心半意就足够了。"

陈局长和何主任连连点头：精辟，精辟呀！

陈局长还想留老王和王东吃午餐。老王一口回绝了。

他和王东去了一家面馆，叫了两碗兰州拉面。

王东感到千言万语要说，却不知从何说起。他一脸敬佩地看着王书记，尤其是老王托起常大山的一幕使王东印象深刻，难道王书记真的有武功？

老王却埋头吃面，好像什么事也没发生。吃完面，老王看着王东。

"下午是谁？"

下午两点，交通局林局长准时来到纪委，气定神闲地坐下来，打开了公文包，掏出一份卷宗，有些激动地看着老王。

"王书记，我一直在等着这天，就像白区的地下党盼着解放军到来，材料都在这里，您过目。"

王东顿时傻了，莫名其妙地看着林局长。

老王笑了笑，打开卷宗，看材料，还叫王东给林局长沏茶。王东沏茶时，眼睛瞟过材料，发现是林局长的检举揭发材料，好像有涉及马局长。

老王看完材料，放下了。

"你对老马，盯了多久？"

"我从他副局升正局的时候就注意了。为了打进他的圈子，我不得不同流合污。吃喝嫖赌都干过，但是受贿的款子，我都没动，挂在单位小金库的账上了。材料上都有记录。"

"你盯了三年，为什么现在才揭发？"

"王书记，不遇到您这样的铁包公，我敢揭发吗？这家伙，狂妄到了极点，郑书记都没放在眼里。为了当政法委书记，还敢给郑书记拍桌子。"

"王书记，你别看江城治安好，那都是马奎和黑道的交易。江城的流氓地痞都是他的小兄弟。我亲耳听他说，只要你们不在江城作案，我就睁只眼，闭只眼。他就是凭这一招，拿了'平安江城'的匾，一路青云。连郑书记都让他三分。可是江城就成了那帮流氓地痞的避难地，外地作了案，都来江城躲风头。"

王东瞪大了眼睛看着林局长，越看越觉得像《潜伏》里的余则成。他虽然知道马局长不地道，黑得邪乎，可只知皮毛，不像林局长这么深入腹心。一时间王东有点晕，看来自己走眼了，原以为林局长整天和马局长泡在一起，是一丘之貉，原来是潜伏的卧底，王东眼神里流露出了敬佩。

林局长越说越兴奋："王书记，只要海关把马奎拦住，就可以顺藤摸瓜，把江城的黑幕全面揭开，这案子，绝不比黑山小！"

老王意味深长地一笑："这么说，你知道马奎跑了？"

林局长一愣，露出了尴尬。

"说说，你怎么知道的？"

林局长一咬牙："王书记，我都给你说了吧。我的材料，都是旁证。要把马奎办成铁案，最好的办法是让他自我暴露。我就做了个局，给大华建筑公司的老板包德福通风报信。这个包德福也是条大鱼，江城很多干部都被他拉下了水。他和马奎的关系很深，当年包德福犯了案子，就是马奎捞出来的。那时马奎还是副局长。我要包德福拉着马奎一起跑，去国外避风头。只要他们一跑，一切都迎刃而解了。今天我打了马奎的手机，果然关机了。到现在还关机，他肯定上套了。"

王东在一边听，汗毛都竖起来了："什么，马奎要叛国？"

老王平静地看着林局长："老林，你这一手，是在哪学的？"

"我是部队转业的，干过特种兵。"

林局长说完露出了一丝得意，掏出了一包白皮包装的香烟。

这时老王猛地把桌子一拍。

"你是个混蛋！为了一己私利，如此煞费苦心。马奎要真跑出去了，不说他掌握的机密，就是政治影响的责任，你负得起吗？再说，马奎要跑，肯定身上是带着枪的，你想再炮制一个周克华吗？"

林局长手里的香烟掉在脚下，呆呆地看着老王。慢慢地，脑门开始冒汗。

老王站起来："林飞，你要配合我们把马奎截住。把你知道的东西，详细写个材料。你今天别回去，我给你安排地方住下。"

老王说罢看着王东："小王，你带老林去招待所，安排一下。"

林局长有些慌："是双规我吗？"

老王严肃地看着林局长："不是双规。你要是不愿配合，只管出去。你也可以学马奎。不过我再找你的时候，你可别后悔。"

林局长软了，捡起香烟，跟着王东走出了办公室。

过了一会儿，王东回来了，脸上还挂着担忧。

"王书记，怎么办？"

老王似笑非笑地看着王东："大不了死几个人，有什么了不起。"

王东感到王书记的揶揄，露出了难堪。

"王书记，我真没想到事情闹得这么复杂，这么严重。我以为腐败分子都是孙局长那样的尿货。"

老王看见王东低下头，缓和了口气。

"我采取了措施，马奎跑不了。"

王东有些惊讶："王书记，您早有准备？"

老王苦笑："我不是诸葛亮，怎么早有准备？就是有点经验而已。"

"那您怎么知道林局长是出于私心？"

"盯了整整三年，不向组织汇报。三年里发生了多少事，国家受损失，老百姓受冤屈，他因为扳倒马奎的时机不成熟，就眼睁睁地看着，让小树长成大树。老百姓也就罢了，可他是党员，入党宣过誓的，理应为了党的事业赴汤蹈火。他不仅袖手旁观，还下了那么大个套，这人地道吗？能干净吗？就算他一分钱不贪，也要受党纪处分！"

王东不觉地感慨："王书记，还是您看人入木三分呀。"

就在王东感慨万千的时候，老王又把话题指向王东。

"小王，我都是按照你的思路办的。一天之内，可以说倒下了四个市局级一把手，我相信多叫几个，倒的更多。某种意义上说，你才是诸葛亮，不过我问你，你觉得快乐吗？"

王东一愣，看着王书记。

"是呀，我怎么并不怎么快乐呢？"

老王露出苦笑："我也是从纪检书记的秘书干起。算起来，干了 30 年纪检。开始破了案子，心里很高兴。可是我跟的那个老书记在悄悄流泪。我问老书记哭什么？老书记说，我怎么就没在他们腐败之前发现呢？要是早发现，国家要少遭多少损失？其实他们都是叼着党的奶头长大的，怎么就成了白眼狼呢？"

老王的脸色凝重起来："后来我也当了书记，越来越能理解老书记的心情。看着一个又一个腐败分子在我面前倒下，心里一点都不高兴。我巴不得我们这个部门没有任何政绩。我们抓腐败的战果越辉煌，越说明我们在某个关键点上出了问题。我看上你的文章，就是因为你在思考这个问题。没想到你又走回来了，而且把反腐败看得如同儿戏。你以为有铁包公就能迎刃而解吗？你以为腐败分子都是纸老虎吗？像马奎这样的人，就是真老虎。还有林飞这样的人，就是野心家。现在反腐是在眼珠子上割瘤子呀，一不小心就会伤到我们自己，甚至出现社会震荡。遭殃的还是老百姓！我们现在是戴着镣铐在地雷阵里跳舞，明白吗？"

王东低头听着老王数落，越听越觉得沉重。他明白，今天要不是王书记控制局面，他的所谓低成本反腐，肯定要付出高昂代价。

王东抬起头："王书记，您处分我吧！"

老王冷眼看着王东："你觉得该受什么处分？"

王东想了想："什么处分都行，就是别开除我的党籍和公职。给我一条路，让我继续跟您干！"

老王一听，心里怦然一动，久久地凝视着王东。王东就把头低下去了。不知过了多久，老王沉着脸站起来："跟我走，到医院去看看童子奇。"

两人起身往外走，刚开门，发现周调研员站在门口，一脸忐忑。

"王书记，你有空吗？我有点情况想给你汇报。"

老王打量着周调研员："很急吗？"

周调研员有些惶恐："有点急，是关于马奎。"

老王看着王东："你去医院吧。"

王东去了医院，童局长还在抢救。卫生局的陈局长和何主任也到了医院。心血管科主任从急救室出来了，一脸的阴沉。

"命是保住了。不过，恐怕要成植物人。"

王东发现，陈局长和何主任会意地交换眼神，眼神里有一丝笑意。

于是，他们找了一间办公室，坐下了。

陈局长看了何主任一眼："老何，你把老童的情况给王秘汇报一下吧。"

何主任有些为难地开口了："王秘，这个时候，本来不应该说这方面的事。可是，党的利益高于一切，为了党的利益，我们……"

王东立即明白他们要说什么，打断了何主任："应该说人民的利益高于一切。我们党除了人民的利益，没有什么党的利益。"

何主任连连点头："对，对，为了人民的利益，我们要向组织汇报老童的腐败问题。我们要把人民的损失降到最低。"

王东就静静地听何主任讲述，没插一句嘴，听到最后才问了一句话。

"这么些年，你们就这么眼睁睁地看着？"

何主任苦笑："王秘，老童是老大呀，他一手遮天，我们敢说话吗？要不是王书记来江城，我们现在也不敢说呀。你知道，郑书记是个弱主。"

王东冷笑站起来："'老大'？你们加入的是共产党，还是青洪帮？"

说罢，王东转身离去了。

陈局长和何主任都呆住了。

何主任忐忑地看着陈局长："这小子怎么和王海波一个

样呀，难怪选他当秘书。真是王八看绿豆——对眼了。"

陈局长笑了笑："铁包公也是人。只要功夫深，铁棒磨成针。"说罢对何主任又耳语了几句。

王东走出医院，已是满城灯火。他突然感觉到肚子饿，就打量着附近，想找个饭馆。灯火中，何主任匆匆跟过来了。

"王秘，不好意思，都快10点了。你还没吃饭吧？走，我带你去个地方吃野味。什么野味都有！"

王东冷眼看着何主任："何主任，谢谢了。我减肥，晚上不吃东西。"

"哦？难怪你这么苗条的体形。那好，我们就去做保健，捏个脚。没听人说吗，北京是首都，江城是脚都！"

何主任说着拉起了王东要走。

王东终于变脸了："老何，我加入的是共产党，不是青洪帮！"

就在此时，一辆小车急驰而来，在医院门口戛然停下。前车门开了，只见司机跳下车，王东一看，是王书记的司机小庞。接着后门开了，刘主任背着一个人钻出车。小庞带着哭腔说，刘主任，我来吧。

"别废话，你快去叫医生！"

小庞就往医院大门跑。

王东心一惊，就朝刘主任迎过去。

"刘主任，怎么啦？"

刘主任抬头一看是王东，脸就沉下来。

"你这个王八蛋！给老子滚开！"

刘主任背着人就往医院跑。王东看着他背上的人，后背心上有一片血迹。

王东也跟着刘主任跑。

进了医院大厅。小庞跟着护士推着一辆手推车迎过来了。刘主任把背上的人卸在车上。王东一看傻眼了：这不是王书记吗？

王东腿一软，就要往下倒，刘主任一把拽住了王东。

"兔崽子，现在知道腿软了，早干吗去了！还说替老王蹚雷，我看你就是个埋雷的！波子要是有三长两短，老子饶不了你！"

王东脑子一片空白，就看见刘主任嘴巴在动。

老王进了急救室。

王东瘫软地靠在急救室外的椅子上，这才知道来龙去脉。

原来王东走后，老王和周调研员谈话，又得知不少情况。谈完话，老王就把林局长打发回家了，自己给刘主任打了个电话，然后秘密跟踪林局长。刘主任就给马奎打了一个电话——电话号码是新开的。刘主任接通电话说了一句话，你被林飞卖了。刘主任打完电话，又给刑侦队的吴猛打了电话。

再说老王跟踪林局长回到家，天已经黑了。大约半个小时后，林局长又出门，开车去了郊外。在郊外一个建筑工地，大华建筑公司的老板包德福出现了。林局长就和包德福聊起来。没聊多久，马局长端着手枪闪出来，逼向林局长。林局长纹丝不动，看着马局长过来，突然一个扫堂腿，把马局长扫倒在地。两人就厮打起来。就在这时，老王冲了出来，要两人都不许动。可是马局长却捡起枪向林局长射击，老王立即推开林局长，背后中了一枪。这时刘主任带着吴猛和一个刑侦队的侦察员开车赶到，将马局长、林局长还有包德福都拿下了。

一幕幕，简直像电视剧，王东听得目瞪口呆。

"刘主任，这都是真的吗？"

刘主任没有回答，突然捂住脸，呜呜地哭起来。

哭着哭着刘主任突然给了王东一个耳光。

"波子这个大傻×，怎么就看中了你这么个小傻×，说一定要把你调教出来，命都豁出来了，你还以为老子给你编电视剧！你良心叫狗吃了！"

王东捂住脸，眼泪慢慢流下来。

这时护士跑出了急诊室，来到刘主任面前。

"刘主任，王书记要抢救，您必须签字。"

刘主任就说："给我笔。"

护士把笔递给刘主任。

王东含泪走过来："刘主任，我也签个字，行吗？"

刘主任看了王东一眼，把笔递给了王东。

老王终于脱离了危险，躺在病床上。

妻子带着小惠也赶来了，就在病床前照料。妻子要给丈夫削苹果，小惠一把接过来，姨，我来吧。小惠一刀下去，围着苹果转了一个圈，用手一提，苹果肉脱离了果皮被拎了出来，果皮盘着圈，一点都没断。姨妈一看露出惭愧神色，我这手呀，比脚还笨。小惠笑道，姨，别和我比，我这一手绝活还拿过冠军呢。姨妈悻然地起身，行了，我倒尿还是可以的。说着弯腰提着尿壶走出病房。这时小惠才觉得姨妈有些生气了，吐着舌头看了姨父一眼。

老王笑了笑："别管她，一会儿就好了。"

老王就和小惠聊起来，他说过几天就要出院了，要小惠带着妻子回去。

"你姨妈本来身体就不好，这次又受了大刺激，你带她回去找个地方散散心，好好开导一下她。你姨妈老了，就像孩子，她最听你的话了。就算你给姨父帮个忙，行不？"

小惠一笑："姨父，我知道您又给我下套，把我和姨妈打发走，您又上战场。没错吧？告诉您，没门。我还想留下来采访您呢！"

"采访我？什么意思？你还唯恐天下不乱呀？"

"姨父，您别紧张，我不会报新闻，我写悬疑小说。题目都想好了，就叫《老王开会》，您要避嫌，叫《欧阳开会》也行。"

"胡闹，我根本不会搭理你！"

小惠一撇嘴："不搭理我也没用，来龙去脉，王东都告诉我了。我只是想问问您的心路历程，使主题思想上更有深度。我的小说都是寓言，是以思想见长，我不会靠离奇的情节、八卦的艳遇取悦读者。"

"心路历程？老汉我就知道埋头拉车，没什么心路历程。"

小惠神秘地一笑，拿出一个笔记本。

"那好吧，您看看我对您心路历程的分析。"

以下就是小惠对姨父的心理分析。

姨父这一代人，基本上都是理想主义者，对于共产主义有着深入骨髓的信仰，而且他还坚定不移地相信，其理想也是人类的希望。他不仅忠于信仰还对自己充满自信，他相信自己有能力带领民众实现其理想。所以，就像丹柯那样，掏出自己的心，照亮前路，要把民众引出黑暗的大林莽，抵达绿洲。

我并不质疑姨父的理想，所有的理想都是大善承诺，没有人会明目张胆地以恶为理想，我只是质疑他以救星或者说道德圣人的方式去实现自己的理想。按照姨父的路径前行，天下人都要经历灵魂的洗礼，升华为大公无私至少是大公小私的人，在我看来，这是不可能的。按照黑格尔的说法，善恶的矛盾将永恒存在，贪婪也将永恒存在，而且，相当程度上，恶或说贪婪是推动历史前进的动力。所以，从哲学上说，姨父是在做一件明知不可为而为的事。

具体到当下的反腐而言，姨父也陷入了误区，要有效地遏制腐败，不是几个包青天就可以打天下的，也不是号召官员加强信仰建设，达到不想腐的道德境界就能奏效的，说白了，我觉得对大多数人而言，根除贪念是不可能的。现实的可能是遏制贪婪，实现善恶平衡。所以，必须立足于不能腐，没法腐，这也就意味着必须进行社会体制的全面变革，要以完善的制度体系遏制腐败。而制度建设又是个极复杂的社会工程，尤其是在一个两千年封建文化灌输的国度，搬一张桌子都要流血，绝非一蹴而就。

因此，姨父就是孤独者，也就注定了他是最后的殉道者。

但是姨父依然伟大，这种伟大就是西西弗斯精神。在中国，则有屈原这样的人物，即使理想无法实现，也义无反顾，以身殉献，这就叫超越了真理，进入了美学的王国。

从王东的叙述看，姨父不仅坚定地走着自己的路，还想把王东也培养出来，沿着自己的足迹继续前行。为此他故意采纳了王东极其幼稚的开会安排，就是想通过实践教育王东。整个事件中姨父在暗中控制着局面，显示了炉火纯青的行政能力，但也差点付出了生命的代价。我因此而更加敬重姨父，不过……

老王看完了小惠的笔记，半天没吭声。过了好一阵才说话。

"小惠，你真的要写我吗？"

小惠认真地点了点头。

"好，我接受你的采访，不过，你也要答应我一件事。"

"什么事？"

"我说说心路历程，你就带你姨回家。"

小惠迟疑了一下："行，您说吧！"

老王望着小惠闪亮的眼眸，慢悠悠地说起来。

"小惠，你的这些分析，我大都认同，但也不都全认同，尤其是你逻辑推理太简单化，暴露了你思维还不成熟，换言之，就是书生气。比如，我是想把王东调教出来，你说我希望他沿着我的足迹走也没错。可是你却认为，沿着我的足迹走意味着悲剧，顶多赢得美学的尊敬，我不认同。"

没等小惠回答，老王又说下去。

"反腐败的确是一大系统工程，需要更完善更全面的体制建设才能从根本上奏效，这也是中央的精神，我也在这方面努力探讨，选王东当秘书，也包含有这样的动机。但是，正如你说的，这不是一蹴而就的事，那么，我们就等待吗？不能等待！就是用小米加步枪，我们也要战斗！我们也许并不能凯旋，但只要枪声在响，老百姓就知道真正的共产党人还在兑现为人民的承诺！我们眼下也许只能守住阵地，但是阵地上，我们的旗帜还在飘扬！"

小惠发现，姨父的表情激动起来。

"我们纪检人在坚守的时候，还有其他的战友——也包括你，就在进行体制的建设，就在生产大炮和面包，到时候，我们的战友就会来增援我们，我相信，其中也包括你黄小惠，我们就会一道用大炮和面包武装起来发起反击，就会取得最后的胜利！"

老王的眼神中显出坚毅的光彩，姨父这种眼神是小惠从未见过的，尤其是姨父说，他的战友里还包括黄小惠，小惠心头热乎乎的。

"姨父，您真酷！"

老王有些得意地笑了："我酷吗？这话我爱听。"

小惠突然发现，姨父的笑像孩子，姨父并不老。

小惠的姨妈也进来了，手上还拎着尿壶："小惠，你别拍姨父的马屁了，再拍他就得给你朗诵《海燕》了！"

老王毫不在乎地看着老伴："朗诵又怎么啦？当年我不

就是朗诵《海燕》，把你给勾搭上的吗？"

妻子举起尿壶就要敲打老王，被小惠一把拦住了。

"姨父，我的采访还没完呢！我还想知道，您明明知道我们两代人有代沟，凭什么相信我和王东会成为您的战友？"

老王欣赏地看着小惠。

"因为长江后浪推前浪，因为世界是你们的。虽然我也大学毕业，可我是从知青考上大学的，那个年代的青年人，没有受过系统教育，我是拿着初中文凭考大学的，知识结构是不健全的，视野也有局限，总之比不上你们这一代人。我在你这个年纪，思想根本没有你活跃，更写不出你那样的文章。不瞒你说，我的许多观念更新，就是受你的启发。再说，我还明白一个道理，对于我们执政党而言，权力如影随形，遏制权力任性是永远的课题。这就意味，反腐永远在路上。你说，我们后继无人行吗？我们的事业要靠你们来发扬光大呀！"

"那您不觉得我们之间有代沟吗？"小惠又问。

"尽管有代沟，但我们的初心是共同的。"

"初心？姨父，您是指信仰吗？"

老王听出了小惠话语中的困惑，意味深长地看着小惠。

"就狭义的信仰而言，我们也许有差异，但是就为人民这个广义的信仰而言，我相信我们是共同的，我认为，只要我们心中都有人民，其他的都好商量。而且我认为，尽管善恶是永恒存在的，但是向善却是大多数人向往的，也是社会文明的指向。小惠，你看看历史的进程，再扪心自问，难道不是这样吗？所以，我们两代人是完全可以沟通的。"

小惠听到此，不觉心一动，严肃地听着姨父说下去。

"这就是我说的初心。你向我推荐的《骡子和金子》，说的也是初心。那个马夫骡子，就是出于最基本的初心去还金子的。所以，初心并不高深甚至也谈不上多崇高。其实，初心也就是做人的底线。这么看，反腐也并不需要多么崇高的觉悟支撑，只需要唤醒世人的初心则可，当然，这也需要艰苦的努力，问题是，我们的思路不要复杂化，而是要简单化。这就是我 30 年来的心路历程。"

小惠心情激动地期待姨父说下去，姨父却不再往下说了。

"姨父，往下说呀！"

老王笑了笑："我都说完了，下面该你兑现承诺了。"

小惠看了姨父一眼，又看了看姨妈，给姨父眨了一下眼睛。

姨妈在一旁也入神地听着，最后听了丈夫和小惠的对话似乎感到了什么。

"你们在搞什么鬼？是不是算计我呀？"

小惠露出了甜笑："姨，您瞎想什么呀，我这么纯洁咋会算计您呢！"

三天后，姨妈果然跟着小惠回家了。

妹
儿

那年小惠本该和姚远结婚的，但是婚没有结成。原因是两人准备去登记的时候，姚远突然接到了父亲去世的电话，他立即就要往老家赶。本来小惠也要跟去，哪知道小惠的姨妈突然病了，小惠的姨父是纪委书记，正在反腐一线战斗，姚远就说，你去照顾姨妈吧，我去奔丧。

快两个月，姚远才身心疲惫地归来。这是小惠没想到的，按理说顶多十天左右姚远就该回来。在姚远奔丧期间，他只是回到家乡那天，给小惠打了电话报平安，此后一直没有音讯，小惠打电话过去，不是关机就是无人接听。而且姚远回来后也很反常，不愿和小惠谈奔丧的细节，只说，都了断了，我彻底成了孤儿了。然后就两眼发直，想心事。小惠也不便追问，就给姚远炖乌鸡汤，补身子。姚远接过小惠炖的鸡汤，喝着喝着眼泪就下来了。

"姚远，你到底怎么啦？"

在小惠再三追问下，姚远才吐露实情。

原来姚远给父亲奔丧时，发现父亲留下的一份遗嘱，告诉姚远，他不是姚远的亲生父亲，姚远的亲生父亲叫郭沐，现在是当地的一个大老板。父亲在遗嘱中要求姚远去认生父。姚远顿时傻了。他难以置信，自己母亲在生自己的时候难产而死，自己是身为残疾人的父亲一泡屎一泡尿养大，一直盘自己读了大学，与此同时，那个郭沐也在同一个县城，和父亲从没有来往，自然对自己更没有过问过，怎么会成为生父？而且父亲还留下遗嘱，非要自己去认这个郭沐不可。

"你父亲以前从没透过风吗？"小惠问。

姚远摇摇头。

"邻居街坊也没有议论吗？"

"反正我没听到。"

"那个郭沐呢？你们都在同一座县城住，他总该有些表现吧？比如，偷偷到学校看看你，替你交个学费什么的。你不是说，你上学连交学费都困难吗？"

姚远就告诉小惠，他成长道路上遇到的所有困难，都是身为残疾人的父亲扛过来的，所以，他不仅感恩父亲而且敬重父亲，自己大学毕业后有了工作，就想把父亲接过来一起住，可是父亲死活不干。

"为什么？"

"他说怕我娘寂寞，他要守着我娘。每到逢年过节，他都要到坟头看我娘，带上我娘最喜欢吃的醋萝卜，还烧香。"

小惠不吭声了，想象一个孤老头在坟山看望亡妻的感人景象。

"你这么久才回来，是不是去找那个郭沐啦？"

姚远敬佩地看着小惠，他又一次感受到小惠冰雪聪明。

"我只是想核实一下，并不打算认他——我实在对他没感情。"

"可是他不承认，对吧？"

姚远有些惊讶："你怎么知道？"

小惠微微一笑："要是承认了，你不会在老家待这么久才回来。而且你们之间肯定发生了不愉快，甚至冲突。这是你的情绪出卖了你。"

这下子姚远更惊讶了，盯着小惠，疑为天人。

是的，姚远这次回家受到了心灵重创。父亲亡故奔丧，本来就悲痛有加，又意外地出现身世之谜，他为了破谜又和那个郭沐发生了激烈冲突，不过冲突的对象主要还不是那个郭沐，而是郭沐的女儿郭丽丽。郭丽丽居然说姚远是想攀高枝，图谋他们家的财产，还说要告姚远。姚远就火了，和他们理论起来，这时那个郭沐就出面了，私下找姚远谈话，谈话中劝姚远不要把事情闹大，还劝姚远出国去深造，他可以资助姚远经费。姚远一听不仅感到尊严受到侮辱，更加浮想联翩，既然毫无关系，凭什么还要资助我出国深造？这其中肯定有鬼，就不依不饶地追问以至于情绪失控质问郭沐，是不是你强奸过我母亲？这下子事就闹大了，郭丽丽带着几个公司保安就把姚远拿下，又请来了律师和姚远交涉，要姚远出示证据，否则就要起诉他诽谤诈骗著名民营企业家。姚远除了父亲遗嘱拿不出任何证据，自然狼狈不堪，后来还是郭沐出面，把姚远放了回来。

小惠静静地听罢姚远叙述，站了起来。

"看来，我又要微服私访了。"

第二天，小惠就动身去姚远的家乡湘西，本来姚远也要跟去，小惠说，你跟着我，除了成为我的拖累，我也难以保持中立公正，你就等消息吧。

就这样，小惠也消失了一个月。回来后，她把一沓打印好的材料交给姚远，姚远连忙翻阅，发现竟然是一篇小说，小说名叫《妹儿》。

"这是怎么回事？你去写小说了？"

"你慢慢看吧，看完了，什么都明白了。"

以下就是小惠的这篇小说，我们一字未改，连格式也原样保留。

1

20 世纪 70 年代。一个春夏之交，青黄不接的季节。

湘西一座小县城静静地坐落在翠绿的群山间，老式屋宇鳞次栉比，蜿蜒清澈的河水穿城而过，两岸是大片的青石板以及充满苗乡风情的吊脚楼。

　　夕阳辉映的渡船口是县城的一道景。

　　一根铁索横过河面，渡船也用绳扣拴在铁索上。过渡的人自己拉着铁索慢悠悠渡河。岸边聚集着三三两两的待渡人，大都乡民打扮。渡口两岸是高高的岩坎和吊脚楼。人们沿着河坎陡峭的石阶上下，彼此寒暄。河边大块的青石板上许多女人在捣衣，木槌声声，一群光屁股的孩子在河边洗澡，打闹着……

　　麻哥出现在渡口高高的台阶上。他约莫 40 岁，赤露着胸肌发达的上身，肩上搭着一条粗布毛巾，瞪着一只独眼，俯视着河边那些洗衣的女人们，麻脸洋溢着兴奋。收工了，他也来下河洗澡。

　　嬉戏的孩子们发现了麻哥，一阵交头接耳，齐声喊起来：

　　　　麻子麻粒粒，上山打野鸡，

　　　　野鸡飞过河，麻子无老婆！

　　　　无老婆，莫奈何，

　　　　扯起鸡巴用手搓……

　　带着方言的童音又脆又亮，渡口上的人都一起朝麻哥望去，开心地笑了。

麻哥却恼了，麻子涨得通红，飞脚就冲下河坎，孩子们一看不妙，纷纷跳进河里，麻哥赶到岸边，毫不迟疑地脱下大脚裤，赤条条地跳下河，一个猛子就不见了踪影。

孩子们惊恐地在河中游着，他们明白，总有一个人要倒霉。

突然，一个孩子惊叫起来——麻哥在水下逮住了孩子的脚，一扯，孩子沉下去了，但立即又被托举出水面。只见麻哥举着还在挣扎的孩子，骄傲地在水中升起了壮健的上身，赢得了围观者一片喝彩。

岸边围观的人群中有一位背着背篓的中年苗家妇女，格外关注麻哥，她就是妹儿娘。青黄不接的季节，她进城来讨饭，在回乡的路上看到了这一幕。

妹儿娘不觉赞叹："这个大哥好雄呀。"

旁人不屑："雄个卵！40岁的黄花儿！只能夜里自己搓鸡巴。"

话虽然粗鄙，可在湘西边城，根本没有人大惊小怪。

妹儿娘想起了孩子的童谣："他真的没得婆娘？"

旁人冷笑："莫看他又麻又瞎，在福利厂弹棉花，还非黄花女不娶呢！哼，癞蛤蟆想吃天鹅肉，哪个黄花女会嫁他！"

河水中，麻哥还高高托举着孩子："你讲！是哪个教的？"

孩子讨饶："我讲，我讲，是鸽子教的！"

麻哥手一松，孩子掉进了河里……

2

薄暮。狭窄的河街，街边是错落有致的老式木板屋。解放前，这里是县城最热闹的一条商业街，如今县城有了新修的正街，河街喧嚣不再，很僻静，一曲悠悠胡琴声回荡着。麻哥就踏着青石板走来，在一座木楼前停下，抬头看木楼雕花的格子窗——琴声就是从这扇窗内飘出来。

阁楼内，一位二十多岁的后生在拉琴，头戴一顶那个年代年轻人最喜爱的黄军帽，他叫鸽子。

房门被一脚踢开。鸽子回头，只见麻哥阴沉着脸站在门口。

"那些辱我的歌，是你教的？"

鸽子立即就明白，他被孩子们卖了，放下琴，堆出满脸笑。

"娃儿的话，都信得？麻哥，坐，我们下盘棋，我让你个炮！"

说罢鸽子就搬过矮桌子，开始摆棋。麻哥一步冲上前，一脚就踢翻了桌子，棋子散落满地。

"鸽子，老子把你当朋友，你把老子当什么？"

鸽子并不慌，满脸堆笑解释说："我是给你做宣传，盼你早点讨个婆娘。你不是也要我给你介绍吗？"

"那你就宣传我搓鸡巴？"麻哥瞪大了独眼。

"搓鸡巴又如何，男子汉哪个不搓鸡巴？不搓鸡巴如何日婆娘？你鸡巴钢火不好，哪个婆娘会嫁你？你还想讨黄花女呢！"

没想到，麻哥的火气居然平息下来。鸽子就走上前拍拍麻哥的肩膀。

"麻哥，莫发火，后天发工资，我请你下馆子。"

3

夜幕笼罩着一座高山下的苗寨。石板路上一个瘦小单薄的苗家姑娘，举着松火油向寨子外走去，眼神中透着担忧。她就是妹儿。

刚走出寨口，远远地，妹儿娘出现了。妹儿惊喜地向娘奔过去，接过娘的背篓打回转。进了家，妹儿娘小心翼翼打开一个蓝花色的蜡染印花布口袋，里面是进城讨来的百家饭。妹儿娘表情很开心。

"今儿运气好，饭店里只有几个人讨。看我年纪大，都往我岔口里倒。和些糠糠菜菜煮糊糊，吃得五六天了。"

妹儿看着憔悴的母亲："你又空肚子回来的？"

妹儿娘掩饰："讲鬼话，饿肚子回来我走得起 40 里山路？"

妹儿不再和娘争辩，却提出下次要跟娘一起进城讨饭。娘就变脸了。

"你一个黄花女，去讨饭，要脸不要脸？再讲，哪个会怜惜你？你爹晓得了，会从坟包里爬出来掐死我！"妹儿娘坚定地封了女儿的口。"莫讲了，再熬两个月，就收新谷了。"

"收新谷又如何？也吃不了几天饱饭。"

妹儿娘就冷笑："你一个乡里人，就是饿命！还想天天吃饱肚子？有本事你就进城当居民，吃商品粮！"

妹儿就不再吭声了，走到窗前想心事。

窗外是绵绵山坳，山坳背后，月亮升起来了。

声声犬吠。

4

黄昏时分，当街的红旗饭店门口，过往的人流，都穿着那个年代的特有的蓝色衣装，一些卖醋萝卜的摊点旁围着吃客。走进店堂，很暗，有十几张方桌，吃客占去了五六张。麻哥和鸽子就在靠窗的桌边喝酒。麻哥又端起酒杯，发现没酒了。

"鸽子，我再去要最后一瓶，喝了就散场伙。"

鸽子便苦笑："麻哥，我们这顿饭从中午下来的，我肚子都吃打鼓了。不是我小气，是想起了最高指示，要节约闹革命呀。"

麻哥也笑了："那今天我请你。"

说罢麻哥便起身，被鸽子一把拉住。

"麻哥，你这不是抽我耳巴子吗？你的钱留着讨婆娘吧。"

说罢鸽子就站起来，又被麻哥一把拉住。

"莫和我争，我今天发了抚恤金。"

鸽子一听，立即警觉："什么抚恤金？未必李厂长又玩猫腻？这个大奶子婆娘，一贯拉帮结派，是个阴谋家，你讲，什么抚恤？"

麻哥就要鸽子不要胡思乱想，这是他的残疾军人抚恤金。

"你还当过兵？我们一个厂，怎么不晓得？"

"你才来几个月，如何晓得？你默神我天生就是独眼龙呀！"

鸽子才知道，麻哥当过工程兵，开山放炮炸瞎了一只眼，才复员回原籍进了福利厂弹棉花。于是鸽子诡秘地一笑。

"那你的麻子又是如何来的？未必也是岩炮炸出来的？"

麻哥脸一沉："鸽子，你嘴巴不要那么毒，会遭报应的。"

说罢麻哥就去柜台买酒了。

这时妹儿娘就走过来了，看着桌上的剩菜对鸽子鞠了一个躬。

"大哥，分点啰。"

鸽子被麻哥抢白了一句，心里有点恼，便不耐烦挥挥手说，我们还没吃完，你到别的桌上去讨吧。妹儿娘并不退缩，反而说，大哥，你们这顿酒从中午吃下来的，我晓得你们要散了，你都打了几个饱嗝了。这么一说，鸽子更加恼火。

"我打几个饱嗝和你卵相干？我问你，你是什么成分？"

妹儿娘并不惊慌——她早就习惯了，微微一笑。

"我是贫农，雀儿寨的……"

"扯卵淡！我看你好吃懒做，不是地主就是富农！"

"大哥，你莫开玩笑啰，我要是地主婆，还敢进城讨吃的？都被管制得像鸡儿，根本出不得寨子。不信，我有大队证明……"

说着，妹儿娘就翻开衣襟，掏出一张证明递给鸽子，鸽子瞟了一眼证明，脸色缓和了许多。

"那你如何不在乡里学大寨，跑到街上丢贫下中农的脸？"

"大哥，乡里的事你哪里晓得。哪个不要脸，肚子饿，没办法呀。"

这时麻哥提着酒瓶过来了，把酒瓶往桌上一顿，接过妹儿娘的讨饭袋，不由分说把桌上的剩饭剩菜都倒进去了。一边说，大姐，莫理他这个没良心的！说罢又把那瓶酒也塞给妹儿娘：这瓶酒你也拿回去！妹儿娘连忙推辞，大哥，我屋没有喝酒的，我不要！

"那就拿来做甜酒！"

"肚子都吃不饱，哪有米做甜酒！"

"那就拿出去卖了！"

妹儿娘被麻哥突如其来的慷慨感动了，这才认真地看麻哥。一看就认出来了，这个人就是几天前在河边看到的那个发威的汉子。妹儿娘连连鞠躬。

"多谢大哥，多谢大哥！毛主席保佑你讨个黄花女，生龙生凤……"

麻哥一愣："你认得我？"

"你是福利厂的麻师傅，哪个不晓得？你是好人，菩萨心肠，晓得我们乡里人的苦，多谢啦！"

麻哥开心地笑了。人开心就更容易慷慨。他从荷包里又掏出一块多钱，几张粮票，迟疑了一下，全塞给了妹儿娘。妹儿娘一看，15 斤粮票。有些不敢相信，眼睛都直了。

"大姐，就这么多了，莫嫌弃！"

妹儿娘扑通一声就跪下了，麻哥连忙托起她。

"大姐，新社会，搞不得，搞不得！"

妹儿娘眼泪就下来了。

"好人呀，你要我哪么谢你呀！"

麻哥呵呵笑："讨大姐一个好口风，保我麻三讨个黄花女！"

那天从饭店出来，麻哥和鸽子就去了河边洗澡。其实洗澡并非讲卫生，而是解暑。虽然还不是暑天，喝了酒的人浑身都燥热。洗完澡天已经黑下来，俩人就瘫在河边的岩石板上吹河风。麻哥吹着河风，咯咯地笑出声来。

鸽子明白麻哥的心情，还陶醉在妹儿娘的那些恭维话中。于是就学着妹儿娘的腔调：大哥，你是好人呀，毛主席保佑你讨个黄花女，生龙生凤！

"哼，两句米汤一灌，15斤粮票就打水漂漂了。比抢犯还快！"

麻哥依然得意："老子愿意，关你卵事！"

鸽子冷笑："黄花女呢？在天上，在梦里？"

"天上又如何？梦里又如何？没听见《卖花姑娘》里讲呀？"

"讲什么？"

麻哥突然吐出了夹生的普通话："只要心诚，石头也会开出花来！"

《卖花姑娘》是一部朝鲜电影，当年风靡中国。

5

星期天早晨。鸽子还在睡觉，被窗外楼下麻哥的喊声吵醒了。他从窗户伸头出去，只见麻哥站在楼下的街面上，一身进山打猎的装扮——肩上背着火枪，腰里系着皮带，皮带上挂着水壶和装火药的葫芦，脚上还打了绑腿。一条大黑狗跟在身边。鸽子就调侃起麻哥来。

"麻哥，要上山去当土匪？"

"莫喷口水，去不去？"

"去哪里？"

"上山打野肉。昨天讲好的。"

"那条狗是哪里来的？"

"派出所食堂王师傅借我的，打野肉好家伙！"

"公的母的？"

麻哥不耐烦了："你想日呀？快讲，去不去？"

鸽子还兜圈子："你一个瞎子，打枪打得准？"

"鸽子，你莫量虾公无血！老子独眼龙，打枪不用闭眼睛！"

"要是伤到我哪么搞？"

麻哥火了："老子哪次上山空手回来过？鸽子，你到底去不去？"

鸽子打了一个呵欠："麻哥，对不住，今天有特殊情况，我要去谈恋爱——干部女，18岁，都抱过了，奶子比李厂长的还大！"

麻哥冷笑："你抱干部女，做梦呀！老子有言在先，打到野肉回来炖火锅，你不许伸筷子！"

说罢麻哥扬长而去，渐行渐远，只听歌声传来：

高山起屋不怕风，有心恋姐不怕穷，

只要俩人缘分到，冷水泡茶慢慢浓……

6

妹儿挑着一担柴行进在山林间。

突然，山谷里传来火枪声，妹儿知道，这是有人在打猎。按照习俗，要是看到打猎的场面，是可以分享猎物的。她四处张望了一下，没有发现猎者的身影，却看见路边一眼山泉，一股清澈的山泉流下。她便放下柴担歇气，走到一棵桐子树下，摘下一片桐叶，卷成了一个喇叭筒状，接着山泉，喝起来。

泉边的山路上，麻哥带着狗出现了，腰间挂着两只野鸡。

妹儿觉得身后有动静，回身看见麻哥，丑陋的面孔吓了她一跳，慌忙站起来，连退几步。麻哥也下意识地退了一步。

"你喝，你喝，嘿嘿，我是打野肉的，不是坏人。"

妹儿看着麻哥腰间挂着野鸡，身后跟着大黑狗，有些放心了："我喝完了，你喝吧！"

妹儿向柴担走去，麻哥走到泉边，俯身接水喝。肩上的火枪很碍事，他又取下火枪，放在泉边。妹儿回头，看见麻哥跪在泉边接水喝，很笨拙吃力的样子，扑哧一声笑了，这一笑，就笑出了少女的清纯，其实，妹儿是个很耐看的妹子。

麻哥听见笑声，也抬头看妹儿，尴尬地笑了。妹儿便走到桐树下，摘下一片桐子叶，卷成了喇叭筒的碗，递给麻哥。

麻哥说了一声多谢，接过桐叶碗，接着泉水喝起来。

麻哥喝饱了水，再抬头看，妹儿挑着柴担走远了。他不知为何心一动，对着妹儿的背影喊起来：哎，妹子，你等下！

妹儿听见喊声，就放下了担子，等着麻哥走上前。

"来，我帮你挑！"

"多谢大哥，没有好远，我担得起！"

"怎么，怕我是抢犯？"麻哥一边说，一边把火枪递给了妹儿，然后就挑起了柴担："你带路！"

妹儿就带着麻哥来到了雀儿寨。大黑狗跟在他们身后。

妹儿娘正在屋外的坪场上晾衣，一眼望去，妹儿带着一个男子而来，走近前，妹儿娘傻了，怎么是麻师傅？

妹儿快步上前，喊了一声娘，这下子麻哥也傻了，他也认出了妹儿娘。

"大姐！这是你屋呀！"

妹儿娘也露出惊喜："是麻师傅呀，哪么要你担柴，快放倒，快放倒！"

说罢就寒暄起来，于是把妹儿也搞傻了，但是妹儿听了几句，就明白是怎么回事了。

"妹儿，这就是送我们粮票的麻师傅，快喊恩人！"

妹儿想开口喊，却喊不出恩人两个字，脸一红，转身跑进了屋。

妹儿娘急了："唉！"

麻哥忙给妹儿解围："几斤粮票算什么？牙齿缝缝里打落的。喊恩人，骇死我！"

"麻师傅，你讲得轻巧！人人心里一杆秤，你默神我乡里婆娘不清白？你一个月 30 斤粮票顶天了，15 斤粮票是半个月的口粮，我们娘俩个，吃得一个月，没有菩萨心，哪个嘴巴里吐得出来！"

麻哥憨厚地笑了："大姐，你把我讲成雷锋了。"

"我不认得雷锋，我只认得你麻师傅！"

这时妹儿端着一碗茶来了，她表情自然了许多。

"麻师傅，喝茶！"

麻哥接过茶，就和妹儿对眼了，两眼定定地看着妹儿，眼神单纯又认真。妹儿感觉到了什么，想起了母亲说过麻哥要娶黄花女的愿望，脸又红了，尴尬地低下头。妹儿娘一看，也感觉到了什么，脸色也不自然了。

气氛就有些僵滞。

只有大黑狗毫无感觉，汪汪地叫了几声。

7

夜晚，静静的渡船口。渡船泊在岸边，船头，只有鸽子一个人坐着，抽着烟，等麻哥。麻哥打猎归来，必从此渡口经过。

麻哥上山打猎时，鸽子确实去见了一位姑娘，不过不是去谈恋爱，那姑娘是鸽子的姐姐。姐姐是来和鸽子告别的。

"鸽子，姐要去新疆了，你就一个人了，好好照顾自己。"

"姐，真的愿当那人的小老婆？"

"什么小老婆，那人的老婆死了，我是和他正式登记结婚！"

"就算不是小老婆，也不是原配，那人大你20岁，还有三个拖油瓶。你们还从来不认识，这不叫爱情，是卖身！"

"鸽子，你嘴巴不要这么损，我愿意，你管得着吗？"

"可是这不公！姐，你还是黄花女呢！"

鸽子姐的眼圈红了："这是命，我认了。"

鸽子冲动起来："你认我不认，我去找他理论！"

"你敢！"鸽子姐变脸了，"我明天就跟他走，不许你送！"

说罢鸽子姐转身离去了。

鸽子便意识到自己无力回天了。他知道姐姐决不会回头。但他还是想去送姐，可是送姐总得带点礼信吧，于是他就想到麻哥。麻哥肯定会带来野物，这个礼信是别具一格的。

夜色中，麻哥扛着火枪哼着小调出现了，大黑狗发现了船头的鸽子，汪汪地叫了几声，麻哥便走近船头。

"你洗夜澡啊？"

"我等你的野肉。"

麻哥上了船，自己扯船："今儿背时，没打到野肉。"

鸽子打量麻哥，发现他身上果然没有猎物，露出了困惑的表情。

"这不可能，你不会空手的。"

"拜托你早上的晦气话，哪么不空手？"

"我不信，你这是唯心主义！"

麻哥冷笑："鸽子，你莫给我扣帽子，我怕！"说罢麻哥又冒出一句："有野肉也轮不到你伸筷子！"

"这么说，你还是打得啰？"

"你莫管。"

麻哥乐滋滋地唱起了小调：

月亮出来亮堂堂，照到后楼姐的床，

姐的床上样样有，多个枕头少个郎。

鸽子望着麻哥兴奋的表情，突然意识到了什么。

"你把野肉送人了？"

麻哥依然不理会。

"你送哪个啦？"

"关你卵事！"

"是不是送李厂长了？捧她的卵泡泡？"

麻哥就笑出声来："李厂长哪有卵泡泡？"

船到对岸了。

8

麻哥打猎回来后一个星期，弹的棉花超过往常一倍。

李厂长召开了全厂大会，眉飞色舞地表彰了麻哥，大奶子在胸口前翻起了波浪。鸽子边听边联想，麻哥的野肉肯定是送李厂长了，要不然，李厂长不会作死地表扬麻哥。于是鸽子就在下面给李厂长画速写，特别夸张了李厂长的一对大奶子，还传给旁边的工友看，工友就捂着嘴笑。李厂长盯了鸽子一眼，大家都低下头，不敢看李厂长。李厂长也没追究，继续表彰麻哥。李厂长还表态，对于麻哥这样的先进典型，不仅要在政治上大力宣传，还要在生活上关心照顾。

"比如，麻三同志的婚姻问题，组织上就要考虑，同志们也要关心，我们都是来自五湖四海嘛。大家都要帮助介绍。可以给大家透露一个政策消息，要是有人介绍乡里婆娘，只要政审过关，可以转居民户口，进城吃商品粮！"

散会后，李厂长又把鸽子留下，要鸽子发挥文艺特长，出一期墙报，大力宣传麻三同志。鸽子一听更不是滋味。

"李厂长，我是电工，不是美工，我不会出墙报。"

李厂长冷笑："你开会时又在画哪个？拿出来！"

鸽子一惊，连忙辩解说，自己什么都没画。

李厂长就拿出了鸽子的那张速写。

"这是画我吧？我奶子有这么大吗？"

鸽子顿时傻了，怎么回事？这张速写居然传到李厂长手中。

"鸽子，你是不是在梦里见过啊？你搓鸡巴啦？"

李厂长是街道妇女干部出身，能说会道，尤其以泼辣闻名全县政界，说起痞话来毫不脸红，连男人都不敢接腔，鸽子自然不是对手。鸽子连声道："李厂长，我今天就出墙报。"

李厂长收拾了鸽子就出外办事，刚出厂门又被麻哥拦住了。

"李厂长，你讲的政策是真的？"

"当然是真的！我们福利厂大多数都是残疾人，政府历来就有特殊政策，你还有残疾军人的本本，更加要照顾。怎么，你有线索啦？"

李厂长最后的问话像破案，麻哥一听也不自觉地进入了李厂长的语境。

"现在还谈不上线索，我还在侦察，有了线索，就给领导汇报。"

"好，我等你的好消息！"

李厂长风风火火地走了。鸽子突然诡秘地出现了，刚才麻哥和李厂长的对话，他都听见了，便上下打量着麻哥，麻哥便有些心慌。

"你望什么？"

"看你像不像董永。"

麻哥听懂了鸽子的讽刺，终于火了。

"狗日的鸽子，你莫量死老子。老子讨不到七仙女，讨个乡里妹子心里还是有谱的！"

"哼，癞蛤蟆打哈欠，口气不小呀。黄花女？"

"黄花女！"

"好多岁？"

"18 岁！"

"有没有残疾？"

"好人一个！"

"长相如何？"

"眉清目秀！"

"几时收亲？"

"不出今年！"

"敢赌吗？"

"敢赌！"

"赌什么？"

"由你！"

"好，我要是赢了，你要帮我买一部永久牌单车！"

"老子要是赢了呢？"

"我送你一部永久牌单车！"

"老子不要单车！"

"要什么？"

"老子要一部蝴蝶牌衣车！"

"一言为定？"

"一言为定！"

说完了，两人对天对地吐了两泡口水。麻哥转身想走又被鸽子喊住了。

"麻三，你在老子面前充了五句'老子'，老子记得你！"

<h2 style="text-align:center">9</h2>

半个月后，鸽子在电工房修马达，门被一脚踢开了。

只见麻哥穿着一身旧军装，神气活现地走进来，从怀里掏出一张证明，拍在鸽子的工作台上。鸽子一看，是一张结婚证明：

证明

　　兹证明寨阳公社崔儿寨大队第三生产队社员石妹儿同志年满18岁，经革命恋爱愿与县福利厂麻三同志结为革命夫妻，经领导研究同意办理结婚手续。

特此证明。

鸽子心里一惊，难以置信地看着麻哥。

"萝卜章子哪个不会雕？小心老子举报你！"

麻哥笑眯眯："那就一起去派出所，把妹儿也带上，如何？"

鸽子更惊讶："她也来啦？"

麻哥拍拍鸽子："跟我走吧！"

麻哥家的木屋里，妹儿母女俩有些局促地坐在板凳上，妹儿低头在纳鞋垫子，心事重重。她穿了一件崭新的水绿色的确良衬衣——这是麻哥给她买的。穿了新衣的妹儿，显出了少女的青春姿色。

"妹儿，嫁人要嫁心，麻三是好人，不得亏你。"

妹儿听着娘开导，默默地纳着鞋垫。

"妹儿，你讲话呀！"

"娘，我人都来了，还有什么讲的？"

妹儿娘苦笑："妹儿，你讲话莫带气，带气娘心疼。娘真的是为你好，嫁了麻哥，你就可以进城当居民，吃商品粮，子子孙孙都是城里人。"

"娘，我晓得！你莫再讲了！"

妹儿说着眼泪就下来了。妹儿娘一见，也跟着抹眼泪。

这时，麻哥带着鸽子走进来。鸽子一眼就认出了妹儿娘，心里什么都明白了。麻哥却注意到她们娘俩在抹眼泪。

"你们哭什么？"

妹儿娘忙笑："女儿要出嫁，哪个不哭？要按老规矩，还要哭三天呢！"

麻哥释然地笑了："好生哭，哭饱去！哭饱了再进门，我麻三包你天天笑，笑得打饱嗝！"

妹儿和娘都尴尬地笑起来。妹儿笑时，偷看了鸽子一眼，不知为何脸一热，慌忙低下头，伏靠在娘肩头，那姿势格外娇羞。鸽子一见，突然一阵心动，两眼发直地看着妹儿。

"鸽子，好生看！莫把眼珠珠看打落！这是我岳母娘，这是我未婚妻石妹儿！妹儿，莫怕丑，抬起脑壳好生让鸽子看，看完了他会送你一台缝纫机！"

妹儿便抬起头，对鸽子笑了笑，又一脸通红地趴在娘肩头。她的心怦怦跳，不知为何，她觉得自己好像见过鸽子。鸽子也两眼发直地看着妹儿，也觉得和妹儿似曾相识。

妹儿娘忙搬过凳子："这位大哥，你坐，妹儿，沏茶呀！"

麻哥一挥手："不用啦！"

说着一把拉着鸽子出了门。俩人在门口站住了。

麻哥得意地看着鸽子："是送钱，还是送机子？"

鸽子却冷笑："这婆娘就是那 15 斤粮票买来的？"

麻哥脸一沉："你放屁！老子是自由恋爱！"

"自由恋爱，你该爱她讨米的娘！你不是喊她娘大姐吗？"

"老子改口了又如何？我喊她娘当娘，我喊她婆娘！"

说罢麻哥又掏出证明："你看！"

鸽子就不吭声了，掏出烟点燃抽起来。

"鸽子，你是吐了口水的，未必想赖痞？"

鸽子这才低沉地说："我搞不到票。"

"那就扳钱来，120块！"

"你要我去抢银行呀？我拿不出！"

说罢鸽子索性坐在街沿上，大口抽起了烟。

"鸽子，你想讨打？"

鸽子突然把烟头一掐站起来。

"麻三，你有本事就打，你不打是我儿！"

麻哥被激怒了，一咬牙，挥拳打过去，鸽子捂着胸口便瘫倒在地上，这时，房门开了，妹儿和她娘站在门口，惊讶地看着地上的鸽子。

这是中午发生的事。

10

黄昏时分。吃了晚饭，妹儿娘带着妹儿赶回寨子。

本来麻哥要留她们歇，说是一家人了，不必巧礼。妹儿娘说，还没成亲，不能讲是一家人，歇一晚，好多事就讲不清，背着背篓就告别了。城里隔雀儿寨还有 40 里山路，麻哥不放心，要送，也被妹儿娘拒绝了。

妹儿娘带着妹儿，过了渡船，上了河坎，前面就是一条通往乡间的路。这条路要经过许多山坳，鸽子就在离城最近的那座山坳下等着，坐在一块大石板上，抽着烟，远远地，就见妹儿娘和妹儿走过来。

妹儿娘和妹儿也发现了鸽子，站住了，相互对视了一眼，她们明白鸽子是在等她们，但是只有这条路通往乡间，母女俩埋着头，继续前行，经过鸽子，想绕过去，鸽子却起身拦住了她们。妹儿娘便堆出了笑脸。

"鸽子哥，莫为难我们啰。你和麻三打赌，我们哪里晓得？我跟麻三讲了，莫要缝纫机，麻三答应了。"

"我不为打赌的事。"

"那你想搞什么？"

"我想和她讲几句话。"

鸽子直直地盯着妹儿，妹儿娘回身看女儿，女儿低头无语。妹儿娘便叹了一口气，抬脚从鸽子身边走过，在不远处站下了，没有回头，看着坳上的摇曳的巴茅草。

鸽子上前一步走近妹儿。

妹儿没有抬头，看见鸽子一双修长的腿叉开在眼前，鸽子穿的是劳动布工作裤，却改裁成了小裤脚，一双白色的回力鞋格外醒目，这都是那个年代时尚青年的标配。妹儿心里咚咚跳，等着鸽子发问。

"你真的心甘情愿？"

妹儿沉默不语。

"他可以当你爹啦。"

妹儿沉默不语。

"他又麻又瞎。"

妹儿还是沉默不语。

"他不配！"

妹儿突然捂住脸，低声抽泣起来。

"你得了他好多好处？我帮你还！"

妹儿一听，不再抽泣，抬起头，吃惊地看着鸽子。

"你为什么要帮我？"

"为公道！"

鸽子说罢又补了一句："你这是卖身，晓得不？"

也许就是这句话刺激了妹儿，妹儿爆发了。

"我愿意！又如何？我得了粮票，得了的确良衣服，得了户口本本，可以当城里人，吃商品粮，李厂长还答应安排我上班，我划得来！"

鸽子心里一惊，这不是我姐说的话吗？怪不得觉得似曾相识，原来这妹儿又是一个我姐呀！姐姐去了新疆后，给鸽子寄来一封信和 100 块钱，信中就是这么说的——"我划得来！"

这时妹儿已经大踏步地绕过鸽子，走向她娘，跟着娘向山坳深处走去。

山坳上的巴茅草，在晚风中摇曳……

11

夜，静静的河街，回荡着鸽子的胡琴声——如泣如诉的
《江河水》。

鸽子在小阁楼闭着眼拉琴，脑海中便浮现出姐姐当年教
自己拉琴的一幕幕场景，可以说，多才多艺的鸽子是姐姐一
手调教出来，他把姐姐看成女神。可是，姐姐嫁人去了新疆
后，女神的形象在鸽子心中崩坍了。他没想到，姐姐会堕落
到卖身嫁人的地步，不就是成分不好找不到如意郎君吗？那
就当一个老处女又如何？但是今天他听了妹儿的一番话，突
然觉得姐姐其实挺可怜，姐姐也有种种无奈，他在妹儿的命
运中开始理解姐姐。

不知何时，门悄然被推开，麻哥走了进来。鸽子感觉到了，
睁开眼看了一眼麻哥，又闭上眼睛继续拉。麻哥就开口了。

"莫恨我，我脾气丑。"

鸽子没搭理，继续拉。

"我不要缝纫机了。"

鸽子没搭理，继续拉。

"我是来请你去喝喜酒的，李厂长安排好了，三天后就

结亲。"

鸽子没搭理，继续拉。

麻哥失望地叹了一口气。

"我是孤儿，有朋无亲。朋友三四里头，你最精。想请你给我长个脸，这也是妹儿的意思。看来我和妹儿都没有福。"

说罢麻哥抬脚就走。

鸽子的琴声停了："站住。"

麻哥站住了，看着鸽子起身放下琴，从枕头套中拿出一本存折。

"我无本事，搞不到缝纫机票，里面有120块钱。"

麻哥明白了，连忙推开存折：我不要！

"这不是给你的，是给你婆娘的！你不收我就不去喝酒。"

12

新婚之夜。福利厂门口张灯结彩，鞭炮声声。

麻哥和妹儿胸前戴着毛主席像章站在厂门口，迎接前来参加婚礼的人们。来宾大多数是福利厂的工友，均有不同程度的残疾。来宾有的送脸盆，有的送热水瓶，也有送毛著的。李厂长安排一个职工接受贺礼，忙得不亦乐乎。麻哥憨厚地笑，妹儿的表情有些羞怯，两人都给来宾鞠躬。

来宾渐渐稀落起来，鸽子还不见踪影。

"鸽子怎么还不来，他真的答应来吗？"

妹儿低声问麻哥，刚才她一直偷眼看来宾，她很想见到鸽子。其实麻哥心里也很想见到鸽子，被妹儿一问脸上就挂不住了。

"他不来，老子就退他缝纫机！"

这时李厂长就走出来，说婚礼开始了，要新人入席。

婚礼会场上摆着长桌，桌上摆着花生、瓜子、糖果、香烟。气氛很热闹。李厂长挺起了山峰般的胸脯主持婚礼。

"今夜是麻三同志和石妹儿同志的大喜日子，也是我们三部分人（军人、干部和群众）的节日！麻三是孤儿，婚礼就由厂里操办！首先，我代表厂组织和全体革命员工，向新人致以革命的祝贺！"

掌声响起来，麻哥和妹儿向大家鞠躬。

福利厂门口的街巷静下来了，鸽子慢慢走过来，看着满地的鞭炮纸屑，用脚扫着，形成了一小堆。他打算婚礼快结束的时候再进去，既兑现了自己的承诺，又回避了庸俗的场面。鸽子很清高，除了李厂长，他是福利厂里唯一的健康人兼文化人，总要摆点款才有存在感吧。鸽子看着鞭炮屑堆起的小堆，觉得有点像坟包，也象征着自己的生存处境。

鸽子是高中毕业，按成分和家庭情况，本来要下乡当知青，而且要去最偏远的苗寨。可是姐姐认识了一位新疆生产建设兵团的副团长，老家是本县人，姐姐就托副团长给本县的战友打招呼，把鸽子留下来了。然后姐姐就嫁给了这位丧妻的副团长，去了新疆。为此鸽子很觉耻辱，但是他又舍不得县城里的生活，就这样纠结地待下来了。

镜头又转向婚礼现场。

李厂长举起了酒杯："我代表厂革委敬新人三杯酒。"

"这第一杯，祝新人互相关心，互相爱护，互相帮助，狠抓革命，猛促生产，打响洞房第一炮！"

在众人的哄笑中，李厂长一饮而尽，麻哥和妹儿也端起酒杯饮下。妹儿被酒呛得直吐舌头，但是强忍住。李厂长又端起第二杯酒。

"第二杯，祝新人斗私批修，计划生育，一个不少，两个正好，精心培养出革命接班人！"

众人又哄笑鼓掌，第二轮酒又一饮而尽。妹儿捂住嘴巴，想偷偷地吐，被众人喝止，只好又咽下去。李厂长又举起第三杯酒。

"第三杯，我要宣布一个好消息。经厂革委研究决定，我们要办一个食堂，以后路远的同志可以在厂里吃中饭了。炊事员就是我们的新娘石妹儿同志！"

掌声更热烈了，不用说，妹儿又喝下了满满一杯酒。喝完酒她感到天旋地转，人都看不清了。麻哥就悄声对妹儿说，你快去茅厕解手，都吐出来。

镜头又转到厂门口，鸽子坐在街面上，划了一根火柴，点燃了那堆鞭炮屑。这时妹儿步履趔趄地走出来，弯腰想吐。一抬眼发现了鸽子，仿佛突然醒了酒，慢慢直起腰看着鸽子。鸽子也发现了妹儿，两人定定地彼此注视。妹儿看着鸽子被火光映红英俊的脸，突然脑海里闪过一个念头：为什么不是他？

良久，妹儿才低声道："缝纫机是你送的？"

鸽子苦笑："我输的。"

"麻三讲是你送我的。"

鸽子一愣，没吭声。

"为什么要送我？"

鸽子抬头看夜空，满天星斗。

"你为什么不进去？"

鸽子突然站起来："你是派出所的呀？老子想如何就如何，关你卵事！"

说罢鸽子扬长而去。

妹儿傻傻地看着鸽子的背影渐渐远去。

13

妹儿进厂的第一天，李厂长带着她到各个车间转了一圈，说是爱厂教育。

来到了鸽子的电工房，鸽子正在修马达，工作台除了马达，还摆着万用表和烙铁、线圈等许多物件，这算是福利厂最具高科技的车间了。李厂长就要鸽子作介绍，鸽子冷笑道，她是做饭的，晓得这些搞什么？介绍也是对牛弹琴。李厂长脸一沉，鸽子，你这是什么态度？妹儿是贫农的女儿，属于三部分人，你未必要站到对立面吧？鸽子一听就软了下来，刚想开口介绍，妹儿却指着烙铁说，我认得，这是烙铁。

鸽子一愣："你哪么认得？"

妹儿脸一红，低头不作声了。

李厂长就笑起来："鸽子，莫量虾公无血。妹儿还是公社宣传队的呢！她演过白毛女！"

妹儿慌忙纠正："我没演过！我只演过黄世仁娘的丫头。"

虽然只是演过黄世仁母亲的丫头，也足以让鸽子刮目相看。鸽子便带着审美的目光细细地打量妹儿，他发现妹儿的身材确实特别匀称，比县剧团的许多女演员不得差。

不用说，鸽子就认真地作了介绍，介绍中，鸽子还故意吐出几个英文单词，以显摆自己的文化程度，妹儿眼神果然流露出敬佩，连声说，好高级呀！

出了电工房，李厂长又带妹儿参观了厂里的墙报，墙报上都是麻哥的先进事迹，还有一张麻哥的炭笔画像。妹儿连声说好像，是哪个画的？李厂长便说是鸽子，还苦笑着补充了一句，这娃儿来福利厂可惜了。

这天晚上，妹儿就对麻哥说了白天参观的事，自然没少提到鸽子，她还学着李厂长的话说，这娃儿来福利厂可惜了。

麻哥心事重重地听着妹儿述说，突然冒出了一句：

"你是不是后悔没有嫁给鸽子？"

妹儿一惊，盯着麻哥，不知他说的是真是假。

"麻三，你莫乱想，鸽子是你朋友。"妹儿说。

"麻三，我是你的婆娘。"妹儿说。

"麻三，我发了誓，你就是泡屎，我也会吃下去！"

14

中午，福利厂食堂开饭了。

这是只有十几个人就餐的食堂，陈设简陋。灶前一张大案桌，摆着十几份饭菜，饭是钵子蒸的，菜是一荤一素。大家都吃得高兴，说没有想到，妹儿一个乡里婆娘，厨艺可以开馆子。妹儿盈盈笑着，很享受的样子，吃了商品粮的妹儿，人胖了，肉色也白嫩起来，就有人含沙射影地说，这是麻哥的粪水好，浇出的花水灵。妹儿听出了微言大义，也不恼，只是警告说，话说到这里就打止了，再不正经我会发气的。麻哥也经常听到这些暧昧的话，脸色总是不自然。结婚后，麻哥似乎没有以前那么开朗了，便有人私下议论，是夜里房事过度导致精神萎靡不振。你想想，麻哥再雄也入了不惑之年，怎么能和 18 岁的婆娘比高下？但是鸽子从来不参与这些议论，每次中饭，端起自己的那一份就走开。

但这天中饭，人都陆续散去了，鸽子一直没有出现，这是有点奇怪的。妹儿就问还在吃饭的麻哥。

"鸽子今天怎么没来吃饭？"

麻哥蹲在地上吃饭，没有接腔。

"麻三，你耳朵扇蚊子去啦？"

麻哥这才回答说，听说鸽子病了。

"什么病？"

"我哪里晓得。"

"你和他是朋友，人家得病都不问一问？"

"我哪里晓得他是真病还是假病？他一肚子花花肠子。"

"那是人家聪明！你莫眼红。"

麻哥不高兴了："聪明？上大学如何不推荐他？哼，还和李厂长吵起来，还装病不上班，我看他是不晓得死活。"

"麻三，做人要讲是非，李厂长不推荐他，是不公。未必成分不好就上不得大学？不是讲重在表现吗？"

麻哥意外地看着妹儿，一是没想到妹儿这么向着鸽子，二是没想到妹儿居然对李厂长不感恩，三是没想到妹儿居然也懂政策。

麻哥冷笑："妹儿，你晓得什么是不公？李厂长代表组织，你晓得不？再讲没有李厂长，你还想进城吃商品粮？"

妹儿一听就语塞了，只是轻轻地叹了一口气。

"妹儿，你才来一个月，要夹着尾巴做人。厂里的事，莫打听，更莫插嘴。李厂长只能抹顺毛，要是倒毛，有你吃亏的。"

这时上班铃响了，麻哥起身要走，被妹儿喊住了。只见妹儿从碗柜里端出一碗汤水，看看周围没有人，低声道：

"把它喝了。"

麻哥有些尴尬："我不喝，我没有病！"

妹儿眼睛一瞪："你有没有病，我说了算！"

15

小阁楼内，鸽子躺在床上看手抄本的《第二次握手》。他看得津津有味，把和李厂长吵架的事也忘记了。其实他也知道，推荐自己上大学，这是为难李厂长，就是一股气难平，要是李厂长识趣，对鸽子软硬兼施，敷衍一下，鸽子也就不会和李厂长吵，可是李厂长说："鸽子，我晓得你嫌福利厂塘小，养不了你这条大鱼。可我要推荐你，就没法在厂里混了。"说到此李厂长看了看办公室无他人，又暧昧一笑。

"你也莫想天天瞟我的奶子了。"

鸽子一听，顿时火了："你那个猪尿脬奶子，有什么好瞟的？"

于是俩人就在厂长办公室吵起来，以至于李厂长拍着桌子说，要开鸽子的斗争会，声讨鸽子调戏女性厂领导。鸽子也不含糊，冷笑说，李厂长你要是敢斗争我，我就把你和吴镇长的事抖出来。李厂长一听脸就变了。

"我和吴镇长怎么啦？"

"你让吴镇长摸奶子，我看到了！"

鸽子说罢拂袖而去，李厂长目瞪口呆。

第二天，鸽子就请了病假，躺在床上看《第二次握手》。

这时有人敲门。

"谁？"

"我。妹儿。"

鸽子忙把书塞在床垫下，起身去开门，突然发现自己穿的是三角裤，又套上一条长裤，才把门打开。妹儿提着一个竹篓进来了。

"这么久才开门？"

鸽子还在系裤带："我总不能穿着短裤见嫂子吧。"

妹儿笑了："你莫折我寿了，我还想活长点呢。"说罢妹儿就打开竹篓，端出了热腾腾的饭菜："听讲你病啦？"

"没事，就是有点咳。"

说着鸽子掏出了烟，妹儿上前一把抢过："咳还抽烟？吃饭吧！你看看，是什么菜！"鸽子一看，桌上摆着一盘自己最喜欢吃的腊猪耳朵炒青辣椒，香喷喷的，不觉有些意外："你如何晓得我喜欢吃猪耳朵？"

"长了嘴巴，不晓得打听呀！"

鸽子心一动："你还打听了我什么事？"

妹儿觉得失口了，但还是嘴巴硬："你没做亏心事，还怕人打听！好了，莫疑神疑鬼，吃吧！"

鸽子就吃起来，几口猪耳朵下肚，满口生香，妹儿便问口味如何。

"麻汝！麻汝！"鸽子连连点头，说的是苗语，好的意思。

"那就多吃点！"

看着鸽子津津有味的吃相，妹儿突然问："鸽子，你是装病吧？"还没等鸽子回答，妹儿又问了一句："你和李厂长吵架了？"

鸽子便放下筷子："你听哪个讲的？"

妹儿就讲了消息的来龙去脉，然后好奇地问："你得罪了李厂长，还装病。你不怕她整你吗？"

鸽子便意味深长地一笑："她要整我，先要自己屁股干净。"

妹儿一听就明白了："晓得了，你也有她的把柄。"说到此妹儿眼一亮："那你如何不要她推荐你上大学？其实李厂长对你还是看中的。"

鸽子便苦笑："你以为她能一手遮天？就算厂里推荐我，学堂也不敢收我。我爹现在还在劳教，我娘三年前上吊死了，说是畏罪自杀。我现在就是老鼠药，哪个都不敢沾我。能来福利厂当电工，还是靠我姐嫁了一个团长。"

于是，鸽子就说起了自己的故事，妹儿就瞪大了眼睛认真听，听到后来就流下了眼泪。妹儿抹着眼泪说，你和春生一样，都是苦命人。

"春生？"

妹儿点点头，就说了春生的故事。原来春生和妹儿是同寨人，不仅农活好，还多才多艺。公社组织宣传队，春生是台柱子，吹笛子迷倒了整个宣传队的妹子。但就因为是地主儿，三十大几了还是寡公佬，一有运动来了，还要写检讨。

"你也是宣传队的，也被他迷倒了吧？如何不嫁他？"

妹儿一惊，定定地看着鸽子，她惊讶鸽子的眼光厉害。沉默了一阵，妹儿不再掩饰。

"我是想嫁他，可是，我娘不许，队里也不批，春生也不敢要我。春生什么都好，就是胆子小。"

妹儿叹了一口气，陷入了沉思。

鸽子就不再往下问，起身拿起胡琴。

"来，我给你拉个曲子听！"

这时窗外稀稀落落地下起了小雨。

16

雨夜。麻哥在屋里独自喝闷酒。妹儿也坐在桌子边打鞋底。看着麻哥面带醉意，想制止，欲言又止。

今天下午下班后，李厂长把麻哥叫到办公室，打听鸽子的事。问鸽子是不是背后讲了厂领导的坏话。麻哥自然不会出卖鸽子，就说没有听到。李厂长又试探，他是不是讲了吴镇长的坏话？麻哥就露出困惑说，吴镇长那么大的领导，对我们福利厂又那么关心，厂里唯一的一台手扶拖拉机就是吴镇长批的，鸽子如何会说吴镇长的坏话？

李厂长脸微微一红，心放下了，却叹了一口气。

"麻三，人心隔肚皮呀，你要有阶级斗争这根弦。你莫以为你结婚，鸽子送你一台缝纫机，就是把你当朋友。他要是把你当朋友就不会和我吵架了。"

麻哥意外，他不是要上大学领导不批准吗，怎么扯到我啦？

李厂长便苦笑："他不晓得自己是地主儿，就算我推荐也上不了大学吗？其实他是看我对你和妹儿好，不服气！讲的话好刮毒呢！"

"他如何讲？"

"他讲我是乔老爷乱点鸳鸯谱，把鲜花插在牛粪上！"

麻哥难以置信地看着李厂长。

"我就对他说，你是吃不到葡萄就说葡萄酸！你猜他如何讲？"

"如何讲？"

"他讲，他就要吃葡萄，让麻三当王八。"

麻哥当场就跳起来，却被李厂长一把按住了。

"麻三同志，不要冲动，要冷静！听我安排！"

麻哥就带着李厂长的安排回到家，喝起了闷酒。

"你喝两瓶了，莫喝了。"妹儿终于开口了。

"老子就要喝，关你卵事！"麻哥突然爆发了。

妹儿望着两眼通红的麻哥，不再吭声，她明白丈夫是借酒消愁，也自以为明白丈夫愁在何处。她不想火上浇油。

"去，帮我炒盘菜！"

麻哥又开口了，妹儿叹了一口气，起身走向厨房。

"我要腊猪耳朵！"

妹儿站住了。

"猪耳朵没有啦。"

"如何没有了？"

"我炒送鸽子吃了。"

"什么？你炒送他吃啦？他是你什么人？"

"他是你朋友。"

"可，可我是你男人！"麻哥又起了高腔。

"麻三，我对得起你！"妹儿露出苦笑。

麻哥依然呆呆地看着妹儿，突然冒出一句。

"那你讲，你还把什么送鸽子啦？"

妹儿愣了一下："什么意思？把话讲清楚！"

"我说不出口！你心里清楚！"

妹儿全明白了，脸色变得惨白。她一伸手拉住电灯开关的拉线。

啪的一声，灯熄了。

黑暗中，妹儿开始脱衣服。麻哥就有些慌了。

"你，你要搞什么？"

妹儿一声不响地脱光了衣服，露出了诱人的少女胴体——曼妙的身体曲线，胸前一对坚挺的乳峰，还有腹下细密的卷毛，全都裸露在麻哥面前。

"我要你信我。信我是黄花女！我要你娶我，娶我黄花女的身！"

麻哥两眼发直，心慌意乱，手足无措。

"妹儿，我信，我信！我错了！"

窗外一道闪电照进了屋，屋内通明透亮，麻哥紧紧地抱住了妹儿，接着一声霹雳，大雨哗哗落下……

17

第二天妹儿去菜市场买菜，居然意外地碰见了鸽子。

"你怎么眼睛肿啦？"

妹儿一惊，昨天晚上她偷偷哭了一夜，早上才发现两眼肿了，忙用热毛巾敷了几遍才去上班，没想到还是被鸽子发现了。而且鸽子居然悄悄地跟踪到了菜市场，妹儿不觉心头一热。

"是不是麻三欺负你了？"

妹儿掩饰地一笑："乱讲，他有什么道理欺负我？"

"你给我送饭。"

"送饭又如何？你是职工，我是炊事员。"

"话是这么说，可是有人未必会这么想。"

"鸽子，我看是你想多了。"妹儿还想为麻三辩护，"你莫把麻三看瘪了。"

"我不是说麻三，是说李厂长。"

"李厂长？"

"麻三是个直肠子，解释一下就会信，可是他没有脑壳，要是李厂长煽风点火，他就会昏头。"

"这么说，李厂长敲打你了？"

妹儿这么一问，鸽子心也一动，他觉得妹儿很聪明。

"好了，你明白就行了，我们福利厂是庙小妖风大，以后做事多转几个弯，不要让人说闲话。"说罢鸽子又冒出一句话："回去拿煮熟的热鸡蛋敷一敷，肿就会消。这是我姐用的偏方。"

妹儿心里热乎乎的，一直看着鸽子远去。

没想到鸽子一拐弯，迎面碰上了李厂长。

"鸽子，你怎么不上班，跑到菜市场来了？"

"李厂长，你跟踪我？"

"那你又跟踪哪个呢？"

鸽子哑然了，但是他心中无鬼，所以也不在乎，而且他手里有牌，也不怕李厂长玩鬼。

"鸽子，李大姐晓得你心里不平衡，麻三都讨婆娘了，你还是光棍，哪么想得开？我看这样吧，你还是写个申请。"

"什么申请？"

"上大学呀！我们厂领导研究一下，李大姐再给你做做工作。"

鸽子冷笑："你们批准我就能上大学吗？"

李厂长笑了："问题就在这里。你明白就好！我们批了虽然上不了大学，但是也是一级组织态度不是？说明你的个人表现还是优秀的，说不定哪个寡妇就动心了呢！"

鸽子脸就沉下来了。

"李厂长，你是在讲自己吧，你不就是寡妇吗？"

李厂长并不恼，反而露出暧昧的笑。

"你要这么想也行。我对你也确有好感，也只大你十几岁，不过，你要是高攀我，还要解决组织问题才行。当然，我会培养你的。"

鸽子一咬牙，吐出了一句痞话：

"李莲花，老子就是日狗也不得日你！"

18

鸽子就这样深深地刺伤了李厂长。

其实，李厂长为人并不坏，只是有点骚。其实要说骚也
不对。她原来是本地一家小商贩收养的童养媳，13岁那年迎
来了解放，她就解除了婚约，成为本县妇女解放的典型，随
之就当上了街道妇女干部，风风火火地参加到妇女解放的运
动中，能说会道，屡获先进，种种的表现，证明她一心革命，
绝不是狐狸精。按理说，她应该有可观的政治前途，但是因
为文化程度只有扫盲班水平，所以一直上不去。

再说她的情感人生，17岁那年，她经组织介绍和一位
40多岁的南下干部结了婚，没想到，那位南下干部在战争中
腹部受过伤，严重影响夫妻生活，李厂长就成了性生活的严
重匮乏者。按理说，这也是可以离婚的，可由于丈夫是抗战
时期的老干部，离婚就涉及名誉问题，再说也不是完全没有
性生活，比如说，吃点补药还是可以行房事的。李厂长就这
么坚持下来，直到"文革"风云起，丈夫和李厂长一起受到
冲击，丈夫扛不住寻了短见，李厂长才正式成为寡妇。后来
落实政策，李厂长来到福利厂当了领导。这些表现，也不能
用骚来概括。

李厂长风流起来，是当了寡妇之后，比如和吴镇长。但

是由于她的身份，风流也非常隐蔽，表面看只是说话泼辣，什么话都敢出口，行动上，除了鸽子没有谁发现李厂长的隐私。鸽子之所以能发现李厂长的隐私，也是怪李厂长自己太膨胀。也许偷情激发了她压抑多年的骚情而50多岁的吴镇长又难以使其满足，她居然想老牛吃嫩草，打起了鸽子的主意。几次试探，引起了鸽子对李厂长作风的警觉，于是便发现了李厂长与吴镇长有一腿。

说起来，也要怪鸽子太年轻气盛，缺乏人生历练。李厂长充其量也就是想释放一下多年被压抑的骚情，不就是和老娘们上个床吗？还能把你吃了？再说，她会更加关照你，说不定真的把你推荐上大学呢！退一步说，你要是真不愿意满足她，尽可以敬而远之，可是鸽子却认为这是对自己的人格侮辱，所以狠狠地奚落了李厂长。

被深深刺伤的李厂长坐不住了。不仅是自尊心问题，更重要的是自己的隐私被鸽子抓住，一旦被鸽子抖出去，可不仅仅是丢脸的问题，那个年代，干部的男女作风败坏关系到政治前途。李厂长开始全力对付鸽子了。当然，妹儿也就进入了李厂长的视野，她坚信，鸽子看不上自己，是因为妹儿更水灵的缘故。那么，她要是捏住妹儿与鸽子的把柄，就能和鸽子叫板了。

两天后，李厂长就发现了妹儿的一个把柄。

妹儿竟然去药房配壮阳药！

李厂长当年没少给前夫配壮阳药，她一看方子就明白了。可是，谁吃壮阳药呢？是鸽子吗？这两天她也在盯着鸽子，没有发现鸽子和妹儿有来往，再说，鸽子那么强壮的身体，会吃壮阳药吗？

想着想着，麻哥的身影就在李厂长眼前浮现了。

<h1 style="text-align:center">19</h1>

收新谷了，妹儿娘特意选了一个星期天，背着背篼进了城。背篼里是满满的新米还有新鲜蔬菜，她要让女婿女儿尝尝新。

到了麻哥家，隔着门就听见麻哥的声音传来。

"妹儿，我不吃药，我没有病！"

妹儿娘一惊，怎么女婿病了？她连忙敲门。

门开了，是麻哥。一见丈母娘，麻哥露出尴尬的笑。

"麻三，你病啦？"

麻哥有些慌乱："有点咳。"接着就回头看妹儿。

妹儿连忙接腔："娘，没有大事，他们弹棉花，天天吃棉花毛毛，要吃药清肺。"说罢又对麻哥说："娘来了，快去买肉！"

麻哥就出门去买肉招待丈母娘，妹儿娘就坐下喝茶，和女儿谈起了家常。没谈几句就问，妹儿，你有了没？妹儿一听就站起来，娘，我带你去逛街。

十字街口，是县城最大的百货商店。

首饰柜台是该店最富特色的柜台，陈列着许多苗家妇女的银首饰，还有一些现代首饰用品。一些女孩在挑选发卡。女孩子背后，鸽子出现了，他留意地看着女孩们手中的发卡，心一动，凑上前去。一个胖姑娘看见鸽子凑上来，调皮地晃着手上的发卡。

"小哥哥，你看漂亮不？"

鸽子一笑："哪有你漂亮？"

"那你帮我买一个，我就嫁给你！"

鸽子继续调侃："那我家里那个丑婆娘如何打发？"

"你休了呗！"

"我看还是娶你当小老婆吧！"

"呸！"

大家都笑起来。

营业员连忙推销："小哥哥，给你婆娘买一个吧，刚到的上海货！"

鸽子爽快地掏出钱包："好，买一个，粉红的！"

这时妹儿带着娘也走进商店，她们走向了布柜台。

鸽子一眼发现妹儿和她娘，迟疑了一下，回避了。

妹儿要营业员拿出了一匹士林蓝布料，在娘身上比画着。

"娘，这个色衬你！"

"我不要，我有衣穿！"

"娘，莫巧礼，是我孝敬你的！"

不由分说，妹儿扯了六尺布，这时她娘发现了一块减价的零头花布，眼睛一亮：这个布料好，又软和，又喜庆，又便宜，做娃儿衣没得讲！

妹儿沉下脸，一手把花布抢过去，放回柜台，拉着娘的手要走。

"你不买，我买，我出钱！"

妹儿一跺脚："喊你走就走嘛！"

妹儿娘跟着妹儿往回走，走到一条僻静的街巷站住了。

"我不走了，我要歇气。"

妹儿娘坐在一块街沿石上，严肃地看着妹儿。

"妹儿，娘要问你几句话，你要老实答娘。"

"怎么啦？"

"娘问你，和麻三过得如何？"

"娘，我不是在和他过吗？"

"那你讲，他人如何？"

妹儿没有回答。

"你讲呀。"

"他是好人。"

"讲完了？"

"嗯。"

"那好，听娘讲。娘看得出，你心里没有他。"

"乱讲！"

"那你如何不准我扯布，帮娃儿做衣服？你做什么不想生儿？"

妹儿暗暗吃惊，娘的眼光老辣。

"你讲呀！"

妹儿的眼圈红了。

"你讲呀！"

妹儿的眼泪流下来了。

"妹儿，你未必心里还有春生？"

"莫讲了。是他屙不出！我现在还是黄花女！"

"什么？"

"我现在还是黄花女！"

妹儿娘惊呆了，木然地看着女儿。

20

当天的午饭大家都喝了酒，便一直吃到黄昏，妹儿娘坚持要回雀儿寨。麻哥趔趄着起身要送丈母娘，被妹儿娘拦住了，说我叫妹儿送就行，麻哥说了一声不好意思，就靠坐在椅子上动弹不了了。

于是，妹儿一路无话，把娘一直送过渡口，来到那次遇见鸽子的山坳前。

"娘，我不送了，你好走。"

妹儿娘站住了，上下打量着女儿，突然问："妹儿，你恨娘吗？"

妹儿有些意外地看着娘，她发现娘的眼圈红了。

"你看上了春生，娘逼你断了，你看不上麻三，娘逼你成亲。你要是……"

"娘，莫讲这些了。"

"你要是恨娘，娘认了。娘该恨！可是，生米煮成了熟饭，你哪么搞？"

妹儿看着坳上摇曳的巴茅草："我不晓得。"

妹儿娘犹豫了一下，还是开了口。

"妹儿，古话讲，人活一张脸，树活一张皮……"

妹儿突然打断娘："娘，莫讲了，我不听！"

"你不想听，娘也要讲……"

"我晓得！你要我认命，当一辈子黄花女！"

妹儿的眼泪下来了。妹儿娘忙掏出手巾给女儿揩眼泪，妹儿就扑在娘怀里呜呜地哭起来……

21

那天晚上，妹儿很晚才回来，看见麻哥躺在地上打鼾，地上吐了一摊。妹儿叹了一口气，给麻哥脱了衣服，抹了身上，换好衣服，扶到床上睡下，就捡起换下的脏衣裤，放在背篓里，出门直接向渡口走去。

深夜，静静的渡船口，鸽子在洗夜澡。他赤条条地躺在岩板上，这么晚了，是不用避人的。这时妹儿背着背篓出现在高高的河坎上，也没有想到岸边的青石板上躺着一个赤裸的男人。

但是鸽子却感到有人过来："哪个？"

妹儿立即听出了鸽子的声音，心一抖，就看见一个白乎乎的人影从青石板上坐起来。她本能地转过脸去，心怦怦直跳。鸽子的声音又传来。

"哪个？"

"我。"

鸽子不再出声了。妹儿想离开，就是挪不动脚。

过了一会儿，鸽子的声音又传来：过来吧。

妹儿还是挪不动脚。

鸽子就慢慢走过来了，穿着短裤，赤着上身，露出一身的腱子肉。妹儿抬头看了一眼，连忙低下头，心怦怦跳，脚也微微颤抖。鸽子就接过妹儿的背篓。

"我来帮你洗。"

妹儿无语地接受了。而且鸽子洗衣时，妹儿居然不动手，就坐在旁边看，要在平常，这种情况绝不可能发生，可是那时那刻，妹儿和鸽子非常自然地便走进了这种情境。

鸽子一边洗，一边和妹儿说话。

"你娘走了？"

"走了。"

说罢妹儿突然反问："你如何晓得我娘来啦？"

鸽子笑了笑，又问：

"麻三呢？"

"睡了。"

"又喝醉了？"

"晓得还问。"

鸽子又笑了笑，漫不经心地又问：

"听说麻三有病？"

妹儿大吃一惊，傻傻地看着鸽子。

"是李厂长讲的。"

"李厂长？她如何晓得？"

看着妹儿惊讶的表情，鸽子苦笑。

"我要你防她，看来是空场合。"

沉默了好一阵，鸽子又开口了。

"你如何搞？"

"我不晓得。"

妹儿低下头，眼圈又红了。鸽子就叹了一口气。

"妹儿，你太像我姐了，什么都自己扛着。"

妹儿也叹了一口气。

"这是我的命。"

"不，这不是你的命！"

妹儿一听抬起头，看着鸽子。

"你要是认命，不仅害自己，也害麻三，晓得不？是俩人抱着一起跳岩坎，晓得不？是自杀，晓得不！"

望着鸽子激动的神情，妹儿心一动，眼睛露出希望的光。

"鸽子，你讲哪么搞，我听你的！"

鸽子眼睛也露出了希望的光。

"我带你走，你敢吗？"

"走？去哪里？"

鸽子就望着月光下的河水悠悠流向远方的山谷。

"就沿着这条河走，到我出生的地方去。"

"你出生的地方？哪里？"

"常德。"

"常德有好大？"

"有我们十个县大。"

"再下去呢？"

"就到长沙了。"

"长沙有好大？"

"有十个常德大。"

"那北京呢？"

俩人就这样一问一答，不知不觉地靠在了一起……

后来，妹儿就轻轻地唱起了歌：

　　一条长河十八湾，湾湾都有相思滩，

　　郎有相思过江海，妹有相思追郎帆……

唱着唱着，妹儿倒在了鸽子的怀里，幸福地闭着眼睛，喃喃道：

"鸽子哥，莫讲话，抱紧我……"

起风了，云遮住了月亮。

22

远行是需要准备的。

鸽子给新疆的姐姐去了信，妹儿去了雀儿寨。

麻哥天天上班，忘我工作，浑然不知道他的人生命运要有大变故。可是李厂长看出了端倪，她发现妹儿不再去药房了，而且水色更好，眼睛更明亮，还扎起了城里姑娘时兴的两个小辫子，一枚粉红色的发卡别在头上非常醒目，她很吃惊，妹儿打扮起来，居然是个美人儿。女人的直觉告诉她，这肯定是有人浇了肥，花才开出了艳丽。未必是她和鸽子勾搭成奸了？但是李厂长也一直在监视鸽子，没发现鸽子有作案时间呀！难道是麻三吃壮阳药有了效果不成？

李厂长便纠结起来，更意外的是，鸽子对李厂长的态度突然温和起来，见到李厂长，居然喊李大姐。这是历史上从来都没有过的。

"鸽子，你怎么改口啦？"

"这不是你要我喊的吗？"

"我是要你喊过，可是你一直没有喊。"

"我悔过还不行吗？"

李厂长注意鸽子的表情，谦恭而诚恳，又有些心猿意马，想入非非了。

"那我请你去看电影，你去吗？"

"什么电影？"

"《第二个春天》。"

"李大姐，你是领导，我是群众，出身又不好，一屁股都是屎，要是被人家看见，影响就大了。"

"那有什么？出身不由己，道路可选择。按最新政策，你属于可以教育好的子女，我可以培养你入党，带你受教育，算是上党课，哪个敢说三道四？"

"那你不怕吴镇长说三道四？"

李厂长脸上就挂不住了，按理说，她应该明白，鸽子是在和她玩猫捉老鼠的游戏，可是偏偏她鬼迷心窍，认为鸽子真的想通了，要高攀她这棵大树读大学。这么一想，性质就变了，她认为鸽子是心有余悸，或者是想吃独食。

"鸽子，我就是让他摸摸奶子而已，没有和他搞过。他那么老，婆娘又是个母老虎，我们能搞得起来吗？"说到这里李厂长似乎还觉得欠说服力，又补充，"我们要是乱搞，要躲人，要挑时辰，搞一盘要架好大的场合你晓得不？"

"不管你们搞没搞过，他要是嫉妒……"

"你放心，我去摆平他！顶多再让他摸一次奶子，我们就打狗散场伙！他要是再纠缠我，我就举报他！"

"那不是把你自己也装进去啦？"

"哼，你以为他只摸我的奶子呀，他还破坏军婚，这是坐牢的罪！"

说到这里，李厂长眼圈红了。

"鸽子，大姐心里苦呀，你以为我愿意吗？他每次摸，我都想呕！"

鸽子心里冷笑，什么"想呕"？眼前就浮现出李厂长骚情的模样，跨腿坐吴镇长身上，两眼迷离，全身蠕动，喃喃道："老吴，往下，往下……"

鸽子心里有了底，不想再纠缠下去。

"好，李大姐，你先把吴镇长摆平，我们再去看电影。"

看着鸽子离去，李厂长突然有些失落。

"鸽子，我们可以不在县城看，去乾州看，还可以吃板鸭！"

鸽子已经走远了。

此后整整一周，李厂长都陷入柏拉图所说的迷狂之中。

但是一周后，她发现了一封新疆给鸽子的来信，拆开一看，什么都明白了，她咬牙切齿地冒出一句话。

"鸽子，你这么玩老娘，老娘要让你晓得马王爷有三只眼！"

23

清晨，妹儿在镜前梳妆，她将一枚粉红色的发卡别在头上，仔细端详。镜子里就出现了妹儿容光焕发的俏丽脸庞。这时麻哥那张丑陋的脸也出现在镜子中，笑眯眯的表情带着狰狞。妹儿心一惊，回头看着丈夫。

"骇到你啦？"麻哥有些尴尬地笑。

妹儿没吭声，又转身看镜子。

"你像桃花。"

妹儿心有些乱，起身进了厨房。

麻哥还呆呆地看着镜子中自己那张丑陋的脸。

妹儿背着背篓走出来。

"你去哪儿？"

"去菜市场，买菜。"

"莫去了。"

"我是上班。"

"莫去了。"麻哥加重了语气。

"麻三，一厂人要吃中饭！"

"李厂长批准了。我带你去雀儿寨，礼信我都准备好了。"

"什么？我前几天才回来，又去？"

"你是你，我是我。"

"那你去，我不去。"

"不去也要去。你娘病啦。"

"我娘病了？你哪么晓得？"

麻哥并不回答，盯着妹儿。

"你要是心中无鬼，就跟我去看你娘。"

就这样，妹儿跟着麻哥上路了。妹儿背着背篓，麻哥背着猎枪。他们例行地经过渡口，正好鸽子在渡口挑水，这也是李厂长的安排，她说妹儿请假了，她来顶班当一天大师傅，算是领导下基层，还要鸽子去给食堂挑水。就在渡口，鸽子看见了妹儿和麻哥，但是渡口人多，鸽子没有打招呼。麻哥和妹儿都低着头，也没有发现鸽子。

鸽子挑水回到厂里，心里还在琢磨渡口的事，李厂长一边洗菜一边问：

"鸽子，想什么呢？"

鸽子就笑了笑："李大姐，妹儿请假搞什么？"

李厂长也笑了笑："你问我，我问哪个？"

鸽子讨了一个没趣，李厂长又开口了。

"鸽子，雀儿寨你也去过吧？"

鸽子一愣，看着李厂长。

"鸽子，若要人不知，除非己莫为呀！"

"什么意思？"

"莫紧张，我是在讲我自己。要不是发了骚劲，让老吴摸了奶子，怎么会让你玩弄于手板心？我好后悔呀。"

鸽子听出了弦外之音，有些紧张了。

"鸽子，我晓得你的心思，不喜欢我这个猪尿脬奶，你喜欢香瓜奶。可是摸了香瓜奶，你可要有担当呀！麻哥也是一条血性汉子，当过工程兵，虽讲开山炸炮，瞎了一只眼，还伤了卵子子，可是绝不会甘心当王八。"

"李莲花，你给老子闭嘴！"

鸽子猛地转身，冲出了厂。

24

立秋了，山林景致带着金色。

麻哥和妹儿又经过了那眼山泉边。麻哥站住了。

"记得吗？我们就是在这里认得的。"

妹儿没有搭腔，一路走来，她觉得麻哥今天有些怪怪的。几次问他，娘真的病了吗？是娘给你搭信来的吗？麻哥都没有正面回答，只说回去就晓得了。妹儿就有些忐忑不安起来。未必自己跟鸽子去雀儿寨的事被泄露出去了吗？可是娘保证过，她谁也不会说呀。

"喝口水吧。"

麻哥说着，就放下了火枪。妹儿自然就走向桐树，摘了一片泛黄的桐叶，卷成碗，递给麻哥。麻哥没有接，只是笑了笑。

"叶子黄了。"

麻哥就趴下去喝水。

看着麻哥笨拙喝水的样子，妹儿不觉就想起了他们最初的邂逅，不知为何，眼圈有些红，心里有些慌。桐叶从妹儿手中飘落，顺着泉水漂走了。

麻哥喝完水，站起来，看着妹儿。

"你喝。"

"我不渴。"

"那就吃东西，背篓里有卤猪脚，还有馒头。"

"我不饿。"

麻哥没有再劝，望着满山的秋叶。

"那就挑个地方吧。"

"挑地方"，什么意思？怪瘆人的。

妹儿仔细观察麻哥，想知道谜底，麻哥这样神秘是从来没有过的。但是妹儿也明白，麻哥是个憋不住话的人，只要有耐心，谜底自会由麻哥自己来揭穿。果然，麻哥吐出了真言。

"莫去新疆了，就留下在这里陪我吧。"

妹儿一听，全身发凉，瞪大了眼睛，死死地盯着麻哥。她明白，事情还是穿帮了。她就看着麻哥取下了火枪，吹了吹枪管。看麻哥这样子，是要玩命了，可是妹儿并不太慌张，自从走上这一步，她也有思想准备，大不了就是把命搭上，她觉得自己走出这一步，也没算白活，没有什么可遗憾的了。

"你晓得了？"

"是天晓得了。"

"你要杀我？"

"是天不容。"

听了这话，妹儿反而慢慢平静下来。

"我娘怎么搞？"

"我有安排，你放心好了。"

"那他呢？"

麻哥心一动，细细地打量着妹儿。妹儿确实越来越漂亮，也越来越和鸽子挂相。李厂长的话就在耳边响起：你没发现妹儿和鸽子越来越有夫妻相吗？

"他是哪个？"

"你心里晓得。"

"我不晓得，你讲出来。"

"麻三，你给我留个脸，也给自己留个脸，好不？"

麻三就不再逼妹儿，低沉地冒出一句话：

"你想要我怎么对他？"

"莫害他！给他也留张脸。"

麻哥苦笑："他赢了，我害他搞什么？我也要脸！"

"那你还要答应我一件事。"

"讲。"

妹儿慢慢摘下头上的发卡。

"你帮我还他。"

麻哥接过发卡，端详了一下，深深地叹了一口气。

"我只晓得有户口本本就行了，哪晓得还要有发卡。"

妹儿的眼泪就流了下来……

麻哥不想再纠缠，掏出了枪药，灌进火枪。

"那你呢？"

麻哥没想到妹儿突然会这么问。

"你杀了人，也跑不脱！"

麻哥苦笑："我要跑搞什么？我把发卡还送他，再把你娘安排好，就来找你，一起睡在这里。"

妹儿也没有想到，麻哥会这么回答。她可以理解，麻哥当了王八，决不会忍气吞声，一定会报复，但她万没有想到，麻哥居然要和自己一起共赴黄泉。

"麻三，你真的喜欢我？"

麻哥望着山泉，眼圈红了，叹了一口气。

"我喜欢你有个卵用？一个巴掌拍不响。"

妹儿心一动，又问：

"我再问你，你晓不晓得自己做不得男人？"

麻哥沉默无语。

"那你如何不肯吃药？你要吃了药，那个巴掌未必不会响。我等过你。我石妹儿不是水性杨花的人！"

麻哥依然沉默。

"你讲呀，让我安心地去。"

麻哥突然爆发了："我搓过鸡巴，会硬，也会射！"

"那你？"妹儿意外地盯着麻哥。

"我是看不得你的脸色！你嫌我丑，你怕我，我一趴在你身上，你就闭眼睛，全身都在抖，我就不行了！"

说罢，麻哥低声抽泣起来。

妹儿也泪如雨下，看着麻哥，又看着满山黄叶。

"麻三，你是好人，我们没有缘，这是我的报应！"

不知过了多久，妹儿慢慢擦干眼泪。

"开枪吧！"

麻哥抬头看着妹儿，握着枪，没有反应。妹儿微微一笑。

"麻三，我也回不去了，还是开枪吧。"

麻哥握着枪，两手有些抖。

"开枪吧，男子汉，硬扎些！"

麻哥握着枪，全身都在发抖。

妹儿一步走上前，把枪顶住了自己的胸口。

"开枪呀！我在奈何桥上等你！"

麻哥突然手一松，一屁股坐在地上，号啕痛哭起来。

这时，鸽子气喘吁吁地赶到了这片山林，远远地看到了这一幕，他张嘴想喊，不知为何，竟然喊不出声，想往前跑，竟然迈不动腿，一个趔趄，他紧紧地抱住了一棵松树，顺着树干就倒了下去。

妹儿平静地凝望着绵绵大山，满山的黄叶……

25

秋夜的月光照进了鸽子住的阁楼。

麻哥带着妹儿走到阁楼下，站住了。

"我不上去了，就在楼下等你。"

妹儿上了阁楼，推门进来，发现人去楼空。她打量着空荡荡的房间，立即意识到，鸽子已经走了。妹儿并不甘心，她觉得，鸽子应该对她有个交代才对，她希望发现点什么，比如一封信。这时，门又被推开了，李厂长走了进来，手上果然拿着一封信。

"这是鸽子要我交给你的。"

妹儿打开信，只见信上写着：

妹儿，我走了，不会再回来。你和麻哥好好过日子。

　　麻哥是好人，是可以拿命与你相依相守的好人。我只是过客，甚至逃兵。

　　祝你和麻哥幸福。

妹儿看完信，看着李厂长。

"李厂长，这都是你做的套吧？"

李厂长笑了笑："妹儿，你放心，从今以后，风平浪静。"

说着，李厂长又拿出了一封信："这是鸽子给我的，你看看。"

于是妹儿又读到了以下文字：

　　李莲花：大路朝天，各走一边。我们各退一步：我亡命天涯，你安居宝座。要是你再不收手，我就会学董存瑞炸碉堡，和你同归于尽。

"妹儿，我们都是女人，好好过日子吧。"

说罢，李厂长离去了。

26

转眼又到了春夏之交，这是个多雨的季节。

夜晚窗外下着雨，房间内，麻哥蹲在地上给妹儿洗脚，不是因为妹儿娇气，而是她已经身怀六甲。

洗着洗着妹儿开口了：

"麻三。"

"怎么？肚子痛了？"

妹儿摇摇头，盯着麻哥看，看得麻哥不好意思了。

"你总看我搞什么？"

"你恨我吗？"

"又乱讲了，我就恨你问这句话，再讲一遍，讨了你，是我的福。"

妹儿甜蜜地笑了。

"我就要问！你恨我吗？你恨我吗？我天天都要这么问！"

"好，那我就天天答，讨了你，是我的福！"

俩人都咯咯笑起来。可是笑声未落，妹儿一声尖叫，捂住了肚子。

"哎哟！"

"怎么啦？伤了胎气？"

麻哥慌乱起来："你忍一下，我去喊人，送你去医院！"

"莫喊人，这么大的雨，莫麻烦人！"

"好，那我送你去！"

一个霹雳下来，雨更大了。

雨猛风骤,麻哥用被单裹着妹儿,像一个大包袱挂在脖子上,两手托着向医院奔去,本来他想背着妹儿,可是一看妹儿的大肚子,就改成这种姿势,显然也是最不利于奔跑的姿势。妹儿两手搂着麻哥的脖子,身上还披着一张透明的塑料布。道路崎岖不平,麻哥跑着很是颠簸,妹儿大叫了起来。麻哥只好停下,雨水顺着脖子灌下来。

"哪么搞,哪么搞,你一喊,我就脚软!"

"我不喊!麻三,你跑!"

可是麻哥一跑,妹儿还是忍不住喊起来。

"妹儿,你咬我,咬颈根!狗日的,咬呀!"

妹儿一口就咬住了麻哥的脖子。麻哥又跑起来。

大雨滂沱……

27

医院走廊。妹儿躺在手推车上,她头发湿漉漉的,却安静多了。麻哥跟在她身边,车快到产房门口,妹儿突然招手示意,推车停下了。妹儿看着麻哥。

"你把颈根伸出来。"

"什么时候了,还看颈根!"

"不看,我不进去。"

麻哥只好伸出脖子让妹儿看。

"你把腰弯下来，让我摸下子。"

麻哥无奈地弯下腰，妹儿含泪深情地抚摸着印着深深牙痕的脖子。

"三哥，莫恨我，我帮你生个儿，姓麻！"

麻哥开心地笑了。

"好，姓麻！我们一起把他盘大，当解放军！"

"不，我要他读大学！"

"好，好，读大学！"

妹儿也满意地笑了，车子动了，又被麻哥拉住。

麻哥掏出那枚粉红色的发卡，轻轻地别在妹儿头上。

"戴上它，会保佑你的。"

妹儿被推进了产房。

电闪雷鸣，大雨倾盆。

麻哥想抽烟，烟都湿透了，成了糊糊。麻哥只好忍着。

没多久，只见一个护士匆匆走出了产房。

"你是产妇的爱人吧？"

麻哥点点头。

"产妇难产，医生要我问你，要大人还是要小孩？"

"什么？"麻哥瞪大了眼睛。

"你爱人难产，医生要我问你，要大人还是要小孩？"

"哪么会难产，不可能！我把她当菩萨敬，哪么会难产？"

护士火了，瞪着麻哥。

"什么时候了，还和我讲菩萨，快说，要大人还是要小孩！"

"我都要！"

"别抬杠了，你快决定，耽误时间，可能谁都保不住了！"

"那，那就要妹儿！"

"妹儿？你是说要孩子？"

"我要我婆娘，石妹儿！"麻哥大声喊起来。

妹儿大汗淋漓，奄奄一息地躺在产床上，隐隐听见护士进来对医生低声说，她爱人说要保大人。

妹儿突然疯狂地大喊：

"不！要儿！我要儿！"

麻哥也在产房门前听见了妹儿的喊声。

"不！要儿！我要儿！"

一阵霹雳，划破雨夜。

雨夜中传来婴儿的啼哭声……

28

蓝天下是翠绿的高坡，妹儿的坟茔安静地坐落高坡上。麻哥呆呆地伫立在坟头。妹儿娘怀里抱着一个婴儿，站在麻哥身边。

蓝天也笼罩着遥远的戈壁滩，鸽子坐在一个土堆上拉着胡琴，远处是一群白羊。琴声悠悠，诉说着妹儿的故事。

　　以上，就是《妹儿》的全部文字。下面，我们又回到小惠和姚远。

　　姚远一口气读完了《妹儿》，心情复杂地看着小惠。

　　"这个鸽子，就是郭沐吧？"

　　"是的。麻哥和妹儿是谁，就不用我解释了吧？不过我还是要解释一下，其实你父亲并不麻，也不是独眼龙……"

　　"这不用解释。我要是这么弱智，怎么配做你的男朋友？"

　　姚远说着掏出一支烟，点燃抽起来。小惠一看姚远的态度就明白，姚远对自己的一番心血带有质疑，心里就有点不快。她本来期望的场景是，姚远热泪盈眶地看着自己说，小惠，你真神了！接着就会问小惠，我们俩是先结婚，还是先去湘西认父亲呢？

　　果然，姚远抽了两口烟，开始发问了。

　　"这个故事，都是郭沐告诉你的？"

　　"我也采访了其他当事人。"

　　"那个李厂长也采访了？"

　　"她去世了，这是一个遗憾。"

　　"所以，主要素材还是来自郭沐，包括你这篇小说，也是郭沐替你改出来的。没错吧？"

　　"姚远，你是什么意思？"

"你才待了一个月，方言用得这么地道，没有人捉刀，绝对办不到。"

小惠这才松了一口气。

"是的，所有的方言，都征求了郭沐的意见。但这并不影响小说的真实性，作为非虚构小说，我自认为是合格的。"

姚远没有再追问下去，默默地抽着烟。

"姚远，你有什么想法，尽管提。"

"小惠，我很佩服你，我去了两个月，焦头烂额而归，你去了一个月，就弄出了这篇小说，或者说是调查报告。不服不行呀。可是我还是认为，你这篇小说意图性太强，或者说，遮蔽性太强，不够客观。"

小惠心一动，意味深长地看着姚远。

"你能不能说具体一点？我有什么意图，哪里遮蔽性了？"

"你希望我能够认郭沐为父亲，没错吧？"

"不，我并不一定要你认他为父亲。我只是希望你尊敬他。他并不像你想象的那样不堪！"

姚远便露出了会心的笑。

"这不就是你的遮蔽性之所在吗？你想引导我尊敬他，完全可以通过别的方式改变我对他的坏印象，可是你偏偏采取了误导我的方式，把他写成我的亲生父亲。"姚远把烟头掐灭，"小惠，你到底想遮蔽什么？"

小惠露出了不快："姚远，你这一套逻辑是从哪里学来的？我毕竟是在写小说，你不觉得这样更传奇吗？"

姚远尖锐地看着小惠："这么说，你承认在鸽子的故事中，有很大的虚构，也就是说，他其实并不是我的父亲？"

小惠便有些恼了："你怎么会这么想？你这是什么逻辑？他为你母亲做出了那么大的担当，都是证据确凿的！你难道不应该尊敬他吗？连你的养父都要你认他，你居然还不承认，你，你还有良心吗？"

姚远没有辩驳，静静地听小惠数落，直到小惠主动沉默下来。

"你还有什么说的，接着往下说。"

"我该说的都说了，你看着办吧。"

说罢小惠起身想走，却被姚远按住了。

"小惠，你所有的小说我都看过，我最佩服的就是你的逻辑思维能力。可是你刚才的那番辩解，使我大跌眼镜。你是什么逻辑？因为郭沐对我母亲有担当，因为我应该尊敬他，还因为我养父要我认他，所以他就是我的生父吗？"

小惠哑然了。

不得不承认，姚远的逻辑更加雄辩合理。

"这是怎么回事？小惠，这里只有四种可能：一种是你的调查具有完全的真实性，生活确实充满传奇，即使你略有艺术加工，也不影响最关键的真实性，也就是说，那个鸽子或者说郭沐确实是我的生父。一种是你调查中被人误导，尤其是被那个郭沐误导，写成了这篇非虚构小说，这篇小说就成为给郭沐涂脂抹粉的道具。一种是你并没有被误导，只是出于艺术典型化的考虑，把很多人的故事包括想象都集中在了鸽子身上。这也就意味，鸽子未必是我的生父，只是一个可尊敬的艺术形象。一种是你并没有被误导，但是出于某种原因，你不想披露全部真相，所以你采取了张冠李戴的方式，把鸽子写成了我的生父，以满足我的探求心，其实也是在误导我，使我不再追究下去。现在我请你确认，究竟是哪一种情况？请你明确地告诉我。"

小惠没有回答，也不想回答，甚至可以说无法回答。

"你为什么不回答？"

小惠猛地站起来："姚远，我看你比我还一根筋，我不想和你这个一根筋谈下去。你把这么简单的事搞得这么复杂，你不仅在怀疑我的能力，还在怀疑我居心叵测。这是我无法接受的。你爱信不信，反正我是尽力了。你要还想知道什么真相，另请高明吧。"

小惠本来打算带着《妹儿》回来之后，就去和姚远结婚登记，然后就跟着姚远重返湘西去拜访郭沐，完成姚远养父的心愿。她在回程的路上，还给姨妈打了电话，宣布了要结婚的消息。姨妈惊讶地说，你怎么玩闪婚呀？小惠便解释，其实她和姚远已经交往六年，属于老情人了。姨妈又说，小惠，你什么时候成了地下工作者，害得我们给你介绍对象，贴钱不说，还得罪了不少朋友。小惠就说，那我就带着郎君上门来负荆请罪。第二天，姨父又给小惠打电话说，你不用负荆请罪，干脆来姨妈家举办婚礼得了。

没想到，回来后，就是因为对《妹儿》的解读，姚远和小惠发生争执，闹得很不愉快，结婚登记的事也受到了阻碍。按理说，为了一篇小说，不应该影响俩人的感情。可是姚远这么钻牛角尖，大出小惠的意外。在姚远和小惠的恋爱史上，这是唯二的两次。第一次就是姚远误解小惠和导师傅教授有师生恋，拂袖而去，第二次就是这次关于生父的调查了。不过小惠在第一次感情危机中气定神闲，她认为自己冰清玉洁，不在乎姚远的猜忌，可是这一次就有些忐忑不安了。

细心的读者可以发现，小惠始终没有明确认定，鸽子或说郭沐就是姚远的生父，在辩论中，小惠的逻辑的确不够周全。小惠恼了，也有点恼羞成怒的意味。这都是反常的，又是为什么呢？

这也正是姚远思考的问题。其实他很希望小惠斩钉截铁地告诉他，没错，鸽子就是你的生父，我可以用 N 条理由和事实加以证明：1. …… 2. …… 3. ……

但小惠就是没有正面回答这个问题。

第二天，小惠来找姚远。姚远约小惠到郊区的水库钓鱼，小惠说，我知道你的意思，找一个山清水秀的地方再刨根问底——你就死了这条心吧。姚远便好奇地问："这关系到我认亲生父亲的大事，难道我的执着很过分吗？你为什么不明确地回答我？"小惠就露出冷笑。

"我还不知道吗？我要是回答 yes，你又会要我拿出理由，我可不喜欢当被告的感觉！姚远，我就不明白，我们都要结婚了，你怎么还不相信我呢？"

姚远便苦笑："吾爱吾师，可是我更爱真理。"

小惠立即警觉："姚远，你什么意思？你是说我有意蒙骗你？"

姚远沉默不语。

"你说话呀！"

姚远抬头，眼神真诚地看着小惠："小惠，我真的很爱你，也相信你做的一切都是为我好。可是，我还是希望你对我诚实。"

小惠沉默了，她听出了姚远话中的沉重感，也意识到，姚远的固执可能也是有事实在支撑——这是她没有预计到的。

"你到底道听途说了什么？"

姚远又沉默了。

"你说呀！"

"我鉴定了郭沐的 DNA，他确实不是我的生父。"

"什么？"小惠瞪大了眼睛。

"我和郭沐理论的时候，有意识地和他发生过冲突，我用酒瓶砸了他，得到了他的血液。"

"什么？你还用酒瓶砸他？怎么他从来没说这事？"惊讶之余，小惠又问，"你为什么用酒瓶砸他，就为血液？"

"也不全是。我当时认为，他玩弄过我母亲的感情，很愤怒。"

"后来呢？"

"后来他说，这事就到此为止，我要是再纠缠，他就不客气了。"

思维缜密的小惠完全傻了。她万没想到姚远还有这么一出。这一出可谓一剑封喉，小惠的苦心经营全面崩溃。两人就呆呆地坐着。

"小惠，为什么？"

小惠心慌意乱："可能我真被误导了吧。"

"不！"

姚远的眼神透出坚定。

"你不会犯这种低级错误。你对郭沐是很信赖的，否则你不会把他写成那样。而且现在，我也认同你的感觉，也就是说，我认同郭沐不会欺骗你。所以，你和郭沐是同谋。为什么？"

小惠彻底崩溃了……

后来，小惠终于拿出了采访笔记。

"你想知道的真相都在这里，自己看吧。"

以下，就是姚远生父的真相：

    小惠：这么说，您只是觉得妹儿太像你姐了，所以那么呵护她？

    郭沐：不能说我完全不喜欢她，可主要的原因还是不希望她再走我姐那条路。再加上我们厂的那个李厂长，时刻在监视我。所以我和她没走到那一步。

    小惠：那姚远的生父是谁？

    郭沐：是正龙。

    小惠：就是妹儿原来的恋人？

    郭沐：是的。妹儿嫁过来后，正龙几次偷偷进城找过她。妹儿也给我说过。我对妹儿说，如果俩人真相爱，可以和姚三解除婚姻，工作我来做。

    小惠：妹儿什么态度？

    郭沐：她很纠结，一是觉得对不起姚三，二是觉得正龙成分不好，结婚不可能被批准，还会惹出风波来。还有，正龙的态度也不够坚定。后来我就出主意，要正龙带着妹儿去新疆，投奔我姐。我就给我姐写了信。结果我姐的回信被李厂长发现了。

    小惠：于是李厂长就告诉了姚三，于是就发生了姚三要杀妹儿的事？

郭沐：是的。

小惠：可是，既然如此，姚三应该知道，妹儿的相好是正龙，怎么会要姚远认你为生父呢？

郭沐：这就怪我自作聪明呀。我给我姐写信时，没有说是在帮别人，而是说我和妹儿要去投靠她，这样我姐就会全力帮我。后来姚三要杀妹儿，我就出来承担了。要是把正龙抖出来，他是扛不住的，事情的结局更糟糕。我毕竟还是姚三的哥们，姚三从心里还是敬重我的。

小惠：后来正龙呢？

郭沐：他就怕了。他说他们家就他一条根了，要是姚三再报复他，他们家就可能绝后。我一看这样也好，让妹儿好好和姚三过日子，就带着正龙去了新疆。后来他在新疆找了一个河南女孩成了家。改革开放以后，我就回来了，正龙送我，还要我替他在妹儿坟头烧炷香。

小惠：正龙一直没有回来过吗？

郭沐：没有。他父亲是国民党军官，1949年去了台湾，他是母亲带大，她母亲属于管制对象，"文革"初期就被斗死了。所以正龙是个孤儿，家乡对他只有苦涩的记忆。改革开放后，他台湾的父亲又冒出来了，他就去了台湾。他去台湾前，给我来了一封信，后来就再也没有消息了。

小惠：郭总，回想走过来的路，您觉得委屈吗？

郭沐：有什么委屈的？我和许多人不同，我不抱怨命运。我觉得命运是无法完全改变的，比如"文革"，这是全民族的宿命，有那样的文化传统，那样的历史传承，出现"文革"很自然。问题在于我们怎样面对命运。我每次面对命运，都是遵循自己的心意去行事，没有完全被命运所宰割，所以我活出了自己。我很满足。

小惠：好，谢谢郭总接受我的采访。不过我还有个题外的问题。我不想姚远知道他真正的生父。我希望他能接受您。

郭沐：为什么？

小惠：姚远是个很敏感也很有自尊心的人，他要是知道全部真相，知道他的生父那么怯懦，会在心里留下阴影。再说，从艺术的角度说，我也希望能塑造一个我心中的男神。

郭沐：小惠，我可不想当什么男神，事实上我也不是什么男神。我希望这个世界没有神。如果出于艺术完美性的考虑，我建议你还是在姚三和妹儿的形象上下点功夫。至于你想回避的问题，你自己考虑。我尊重你的处理。

姚远读完小惠的采访笔记，长久没有吭声。

房间里很安静，就听着桌上的闹钟嘀嗒嘀嗒在走。这种闹钟如今很少见了，还是姚远在旧货摊上淘来的。

"想什么呢？"

"小惠，你不觉得这个郭沐很像傅老师吗？"

就是姚远这句话，又把小惠惹火了。

"姚远，你又瞎想了！我们暂时还是别领结婚证了。"

姚远委屈地看着小惠："小惠，我是崇拜郭沐呀！"

一切都晚了，就因为多了一句嘴，小惠决定再给姚远半年考验期。

完